P. BESSON

# Un Pâtre du Cantal

## ILLUSTRATIONS DE A. ROBIDA

PARIS

LIBRAIRIE DELAGRAVE

15, RUE SOUFFLOT, 15

# Un Pâtre du Cantal

*Il a été tiré de cet ouvrage : 20 exemplaires sur papier de Hollande von Gelder, numérotés à la presse.*

P. BESSON

# Un Pâtre
# du Cantal

ILLUSTRATIONS DE A. ROBIDA

PARIS

LIBRAIRIE DELAGRAVE

15, RUE SOUFFLOT, 15

# UN PATRE DU CANTAL

## UN CAMÉRISTAT DANS LE CANTAL

« Allons, Pierre, me dit ma mère un soir d'automne, tu es un grand garçon maintenant, tu ne peux pas toujours courir la noisette; il te faut aller en classe. »

Et, après m'avoir vêtu de ma blouse neuve, de ma casquette en peau de lapin, chaussé de mes sabots garnis[1], elle me conduisit au chef-lieu de la commune, à Cheylade.

L'école! c'est-à-dire l'inconnu pour moi! Plus nous en approchions, moins je me sentais rassuré. J'avais peur du « Maître »; mes camarades en parlaient comme d'un ogre qui ne mangeait peut-être pas les enfants, mais qui ne leur marchandait pas les bourrades, et ils ne se trompaient guère.

« Je vous mène un petit garçon, lui dit ma mère, et tirez, tirez-lui les oreilles.

— Soyez tranquille. »

Jamais recommandation ne fut mieux suivie. On ne nous gâtait pas dans nos familles!

---

1. Sabots ordinaires auxquels on adapte l'empeigne d'une vieille paire de bottes pour défendre le pied contre la neige et le froid.

Après la classe, je devais aller chez « la Tinoune », où
j'étais placé comme cámériste. Cela surtout ne me disait
rien qui vaille.

Le cámeristat est une forme de pensionnat tenu par
l'instituteur lui-même, plus souvent encore, et concur-
remment avec lui, par les familles nécessiteuses du bourg.
C'est la difficulté des communications et l'éloignement
des villages qui l'imposent. Dans la montagne, l'hiver,
il est impossible à un enfant de faire chaque jour le
trajet de l'école à son village, trajet long quelquefois de
quatre, six et même huit kilomètres.

J'étais donc cámériste chez « la Tinoune ». Ma mère
donnait trente sous par mois, une livre de beurre, un
char de bois par an, moyennant quoi la Tinoune devait
me tremper la soupe, préparer les aliments que je lui
apporterais et me donner asile dans sa maison. Mes
parents fournissaient le lit, mais je devais le faire tous
les matins, comme mes camarades. Nous étions ainsi
une vingtaine de cámeristes chez la Tinoune, logés à la
même enseigne, garçons et filles, pêle-mêle.

En rentrant de classe, je trouvai ma soupe trempée
dans mon écuelle de terre cuite de laquelle émergeait un
œuf à la coque. Je la mangeai sans bruit, intimidé par
les grandes filles et les grands garçons qui m'entou-
raient, et surtout par le mari de la Tinoune, un petit paysan ratatiné, rabougri, qu'on appelait « le Chat ». Jamais
homme plus grincheux; il so fâchait d'une aube à l'autre. Quand il ne se fâchait pas, c'est qu'il était malade.

J'allais entamer mon œuf lorsque je vis tous mes
camarades, une tranche de pain de tourte[1] d'une main

1. Gros pain de seigle pesant de 25 à 30 livres, en forme de disque ou
mieux de calotte sphérique.

et leur couteau de l'autre, faire avec diligence une
deuxième soupe. Cette voracité me surprit. Cependant,
pas un ne fit mine de la faire tremper ; chacun mangeait
la suite de son déjeuner, qui un morceau de lard rance,
qui une tartine de beurre ou du fromage, quelques-uns

Un caméristat à Cheylade.

même, les plus pauvres, du pain sec, du pain moitié seigle et moitié pomme de terre. Les plus expéditifs s'en
allaient, laissant sur la table la soupe qu'ils avaient
« taillée ». Ils ne voulaient donc pas la manger. Alors,
pourquoi la faire ? Je compris qu'ils avaient fait la soupe
du soir.

« Par conséquent, pensai-je, on ne vaisselle pas les
écuelles ici. »

Si, si, on les vaisselait une fois par semaine, le jeudi !

Et ce n'était pas trop : ceux qui mettaient un peu de fromage à leur soupe voyaient leur écuelle se tapisser dans l'intervalle d'une couche gluante et grisâtre assez épaisse pour étouffer, comme dans du velours, le bruit de la cuillère.

Je me hâtai de faire ma soupe, de ranger mon pain sur la table et de sortir. J'étais le dernier. Un petit quart d'heure avait suffi pour nous restaurer, le menu n'étant pas de ceux qui font qu'on s'éternise à table.

« Dehors! Dehors, la marmaille! » criait invariablement le Chat après chaque déjeuner.

Dehors, jusqu'à une heure, c'était mille jeux, simples, primitifs, inventés par nous-mêmes sans frais : un château de sept ou huit pierres plates superposées qu'on essayait à tour de rôle de démolir d'une certaine distance, avec une autre pierre. L'un de nous, le « servant », était tenu de reconstruire assez vite le château démoli pour saisir au vol le démolisseur venu tout auprès chercher sa pierre. Jeu dangereux, où l'on risquait d'être pris pour le château et de recevoir le projectile sur la tête, mais qui faisait nos délices.

Quatre heures. On sort de classe. Nous courons à nos caméristats. Un appétit vorace nous pousse à l'assaut de la planche à pain, bousculant ou renversant tout, et nous coupons du chanteau une large tranche que les plus aisés recouvrent de beurre. Nous mordons à même nonobstant les galeries que les rats y ont creusées, et, en un bond, nous sommes sur la place.

Devant nous, deux heures de jeu, trois même s'il fait clair de lune. C'est la liberté complète, la bride sur le cou, et la Tinoune trouve cela tout naturel. Certes, elle nous aime mieux dehors que dedans. Si, chassés par le mauvais temps, nous nous blottissons dans la cheminée, accroupis autour du feu, elle est d'une humeur massacrante. Quant au Chat, il peste comme tous les diables, que nous l'embarrassons, que nous lui mouillons le foyer, que nous lui éteignons le feu... A la moindre accalmie : « Allez, dehors ! dehors ! la marmaille ! »

Dehors ! On ne demande pas mieux ! Et en avant les boules de neige, les jeux ! En avant les sobriquets : « Hé ! Pétafouïre ! Racamaille ! Mangegaspe[1]. » En avant les jurons : « Millodiou ! Tonnerre di diou !! » En avant les courses folles qui nous entraînent dans les prés, jusqu'à la montagne. Le froid est vif, la neige durcie porte. Tant mieux. Nous prenons nos traîneaux, nous nous juchons sur une colline et nous nous laissons glisser jusqu'à la plaine, au risque de nous tordre vingt fois le cou.

Don ! don ! don ! don ! Un son de cloche indiciblement triste, assourdi par la neige. L'angélus, c'est-à-dire la soupe. Nous rentrons. Chacun furette la petite case où il enferme ses provisions, prend ce qu'il veut et passe à table. Demain, jour gras. Nous coupons chacun une tranche de lard ; nous la marquons d'un signe particulier pour la reconnaître après cuisson.

Jour maigre. Nous aurons des pommes de terre, mais il nous faut les peler. Un grand descend à la cave en puiser un plein panier dans le tas commun fait des apports de tous, et les couteaux se mettent à la besogne. Demain, la Tinoune prendra à chacun une tranche de

1. *Pétafouïre :* garçon turbulent, dissipé et batailleur. — *Racamaille :* roué au jeu, taquin et chercheur de querelles. — *Mangegaspe :* type du pâtre montagnard, robuste, lourdaud, longanime et sans malice. L'été il mange de la « gaspe », c'est-à-dire du petit-lait aigri, d'où son sobriquet de « mangegaspe ».

beurre qu'elle jettera dans la cocotte avec les pommes
de terre. Comme elles diminuaient vite, nos petites mottes de beurre ! Le Chat adorait les galettes beurrées et
les œufs au beurre noir ! La Tinoune, elle, préférait « la
miche » ou la « tome »; et comme elle savait dissimu-
ler ses larcins ! Elle remplissait son écuelle de pain
blanc et de « tome », en ayant soin de la recouvrir d'une
mince couche de pain noir, puis elle la trempait la première en écrémant le beurre qui flottait à la surface.
Pour nous leurrer, ces jours-là, elle posait sa soupe sur
le bord de la fenêtre. « C'est pour la faire refroidir, »
nous disait-elle. Ma mère, un jour, m'apporta des « groutons » (ce qui reste dans la marmite après avoir fondu la
graisse du porc). La Tinoune me les faisait chauffer dans
la poêle où cuisaient ses légumes. Je les aurais préférés
froids. « Ils sont meilleurs chauds, » disait la gourmande. Hélas ! toute la graisse de mes « groutons » restait dans sa poêle, bue par les légumes : il ne m'en revenait qu'une espèce de corne insipide et sèche.

  Le repas fini, chacun range ses provisions dans sa
case, les uns bien, les autres mal. Nous faisons ainsi
notre petit ménage, nous nous servons nous-mêmes et
nous apprenons à nous passer de nos parents. Il faut
avoir un peu d'ordre, de propreté, de l'économie. Il faut
savoir se mesurer, se rationner, résister à la gourman-
dise. Mon voisin de table était d'une sobriété exem-
plaire, faisant durer quinze jours une andouille cuite,
n'en mangeant qu'une mince rondelle chaque fois, si
bien qu'elle finissait par « se bourrer[1] » dans la case.
Les plus intrépides ramassaient tous les os du camé-

  1. Se couvrir d'une sorte de duvet grisâtre, comme fait une viande cuite
qu'on laisse vieillir.

ristat après les repas; ils ramassaient ceux des autres caméristats et disputaient aux chiens ceux qu'ils trouvaient dans la rue. Puis ils les vendaient au « pillarot » ou chiffonnier ambulant contre quelques sous et des châtaignes sèches. Ils avaient apporté de la montagne des paquets de réglisse qu'ils nous vendaient deux sous. En mars, ils faisaient commerce de grenouilles. L'automne, ils cherchaient des pierres rares et les vendaient à un géologue résidant dans le bourg. Étonnez-vous si plus tard de tels gaillards font fortune[1].

Après le souper, la prière. Un grand élève entonne une interminable psalmodie sur ce ton mélancolique et plaintif que le peuple des campagnes donne à ses psaumes. La mélopée se déroule avec un rythme bizarre, précipité et rapide au début, sans pause, sans autre arrêt que celui du renouvellement du souffle, coupant les phrases au hasard, les rendant incompréhensibles, mystérieuses. Puis, la strophe se continue mollement, sourde et lointaine, et s'achève en modulations âprement douloureuses. Nous récitons en chœur les répons : « Priez pour nous ! Priez pour nous ! Priez pour nous ! » Ce cri s'échappe de nos poitrines, plaintif et triste, nous remplissant l'âme d'une indicible mélancolie.

Puis, une méchante demi-heure d'étude. Étudiait qui voulait. On se souciait si peu de l'école ! Seuls, les catéchistes apprenaient sérieusement leur chapitre, la seule chose, en vérité, qu'il fallût bien savoir, le curé admi-

---

1. Poussés par l'esprit mercantile, ils se feront plus tard « marchands de toile ». Tous les hivers, ils émigreront; ils iront « chiner les couares » (faire l'article aux propriétaires) dans tous les coins de la France. Leur rêve est de s'enrichir, de construire dans leur village une maison solide, luxueuse presque, qui sera leur orgueil et où ils pourront vivre « la canne à la main », c'est-à-dire en rentiers oisifs.

nistrant à ceux qui ne savaient pas des gifles et des taloches autrement vigoureuses que celles du maître et ne
ménageant pas les affronts à leurs parents, le dimanche
à la messe :

« Hé ! la Jacquette ! là-bas, au fond de l'église, criait-
il du haut de la chaire, votre enfant ne sait rien. Bien
sûr que vous allez cancaner chez les voisins au lieu de
lui apprendre son catéchisme ! »

Aussi, nos parents nous empêchaient-ils volontiers
d'étudier les leçons de l'école pour nous consacrer entiè-
rement au catéchisme. Songez donc, si, à force de peine,
leur enfant pouvait être premier pour la communion !
Quel honneur ! Et comme pour être premier il ne suffit
pas de bien savoir son catéchisme, c'est à qui apportera
le plus riche cadeau au curé en même temps que le plus
gros cierge. Cet usage ne va pas sans protestations
quelquefois. Tel enfant bien doué, mais sans fortune et
à qui reviendrait de droit la première place, se voit relé-
gué au quatrième, au cinquième rang. Sa mère mécon-
tente achète alors un cierge microscopique, dont les
spectateurs font des gorges chaudes. Un père de famille
fit mieux : dans le cierge qu'il commanda, il fit placer
une grosse barre de bois enduite d'une mince couche de
cire ; puis il le donna au curé, qui ne se vanta jamais de
la trouvaille.

Voilà pourquoi les catéchisants sont les plus studieux
des caméristes. Les autres, les grands surtout, ne son-
gent qu'à une chose : aller à la rue ou aller veiller.
Vienne un rayon de lune, et les voilà sur la place, malgré
le froid hyperboréen, — ou glissant sur quelque mare.
Quelques-uns, plus frileux, vont à la boutique du forgeron qu'on voit travailler à travers la fenêtre embrasée

et se disputent pour actionner le soufflet. Quand ils sont trop et qu'ils l'embarrassent, le forgeron jette négligemment un fer chaud au fond de la boutique. Puis, au bout d'un instant :

« Apporte-moi ce fer, là-bas, devant toi, » dit-il au plus obstiné.

Le garçon prend le fer à pleine main, le lâche vite et se sauve en secouant ses doigts échaudés.

Moi, j'aimais surtout sonner les cloches. Le sacristain, débonnaire et très vieux, — je le croyais contemporain de l'église, tant il ressemblait aux figures qui ornent les chapiteaux romans de l'abside, — nous laissait maîtres dans le clocher. C'était nous qui sonnions l'angélus, l'Avent, et qui sonnions aussi quand il fallait orienter le facteur égaré dans les neiges. Il y avait dans un coin du clocher une très vieille cloche grise, ridée et crevassée par le temps, qui était ma cloche de prédilection et que je ne pouvais ébranler sans être ému. On la disait fée, et on ne lui connaissait pas d'égale pour dissiper les orages. Il me semble l'entendre encore sous le ciel lourd et sanglant du crépuscule :

Don ! don ! don ! don !

Voix grave et profonde qui invite au recueillement et qui marque l'heure où les grand'mères prient pour les « pauvres âmes » ; voix lugubre et lointaine, pleine des souffrances et des terreurs du passé. Je ne puis me défendre d'un vague frisson d'angoisse et d'épouvante. Oui, c'est bien une fée qui parle par la voix de la vieille cloche, la fée du mystère et de la tombe. Nous rentrons vite, car l'église est remplie d'ombres vivantes et le vieux cimetière commence à s'animer.

Ce que nous redoutions aussi, dans nos amusements nocturnes, c'était l'apparition soudaine du maître ou du curé. Tout à coup, au beau milieu d'une bruyante partie, l'instituteur s'abattait sur nous comme un épervier. Clic! Clac! Vlin! Vlan! Claques, gifles, taloches, bourrades, pleuvaient comme grêle. Sans doute, quelqu'un lui avait sonné la cloche et l'avait ainsi déchaîné contre nous.

Les jours où il neigeait dru, et où « l'écir », la neige qui tourbillonne et aveugle, rendait la rue intenable, nous nous réunissions tous au caméristat le plus tolérant. Là, nous quittions nos sabots, voire nos bas, et nous dansions intrépidement la bourrée :

> Yéou n'aï cinq sos
> Ma mio n'o qui quatri!
> Cossi farens
> Quand nous maridarens?
> N'en croumparens
> Un toupit, n'escudèla,
> Un cuilleirou;
> Manjiorens toutes doux.

« Moi, j'ai cinq sous; — ma mie n'en a que quatre!

— Comment ferons-nous — quand nous nous marierons?

— Nous achèterons — un pot, une écuelle, — une cuillère, — et nous mangerons tous les deux. »

Très souvent, c'étaient les autres caméristats qui venaient veiller chez la Tinoune. Nous avions la spécialité des contes. « Le Chat » les savait tous, la Tinoune aussi, du reste. Souvent, au milieu du récit, elle interrompait son homme pour préciser un détail, pour dra-

matiser une situation ou même rectifier quelque erreur :
« Tu te trompes, Chat, ce n'est pas cette fois que le
diable détacha le cheval... »

Le diable jouait incontestablement le premier rôle

Cheylade,

dans nos contes. Semblable au Protée antique, il revêt
toutes les formes, se transfigure à volonté, se fait mouton, se fait aiguille, et rien n'est plus prodigieux que ses
aventures. — Il y avait, un soir, grande « veillée » à
Rastoul. Tout le village s'en donnait à cœur joie. Tout à
coup, un grand et beau jeune homme entra. Vous pensez
s'il fit sensation avec ses grands yeux, ses cheveux
blonds et ses habits extraordinairement riches. Il invita
la plus jolie fille du village à danser avec lui. Elle
accepta, et la danse recommença de plus belle. Chose
étrange! Le « cabretaïre » sentait peu à peu ses doigts

s'animer, — c'est lui-même qui l'a raconté depuis — et la musique s'envolait, étourdissante. Les groupes tournoyaient, emportés par on ne sait quel souffle. Puis l'on tourna plus vite encore. Bientôt, ce fut une course effrénée, au milieu d'un bruit infernal de plancher battu, de coups de pied formidables, de respirations haletantes. Un âpre ricanement éclata tout à coup. Comme par enchantement les danseurs s'arrêtèrent. Blêmes d'épouvante, ils virent alors que l'inconnu — qui tournait toujours et toujours plus vite — avait des pieds de cheval et que de grandes flammes sortaient de sa bouche. Une vieille de la maison fit le signe de la croix, et le beau jeune homme qui tournoyait et ricanait toujours, disparut, emportant avec lui la jeune fille tout effarée. C'était le diable. Mais il n'est pas toujours si terrible. Quelquefois il se borne à effrayer les passants, comme lorsqu'il vous fait pleuvoir sur la tête et autour du corps une grêle de pierres dont pas une ne vous touche. Il attachera deux vaches dans le même licol, traînera de grandes chaînes sur le plancher des granges, volera le drap de lit du dormeur, empêchera le lait de cailler...

Vers minuit, nous nous couchons, l'imagination hantée de visions diaboliques, profondément convaincus de la vérité de ce que nous venons d'entendre. L'unique pièce de la maison est tout entière entourée de lits contigus, sans ruelle. D'un côté les filles, de l'autre les garçons. Comme il fait froid et que nous sommes nombreux, nous nous empilons trois dans le même lit, quelquefois quatre et même cinq : trois à la tête et deux aux pieds. Nous mettons nos habits sur les couvertures pour avoir plus chaud. Bientôt le lumignon s'éteint; un grand silence se fait, troublé seulement par les cauche-

mars et les cris des rêveurs et par les allées et venues
de ceux qui sont obligés de sortir.

Nous allions passer le jeudi au village, dans nos familles. Nous partions le mercredi après quatre heures, par
bandes de dix, quinze écoliers, groupés par village, un
« cabas » ou panier au bras, dans lequel nous mettions
nos livres et les lettres que le facteur nous chargeait de
distribuer dans nos hameaux. Nous allions à travers la
neige farineuse, contents de revoir nos parents, la maison basse et sombre, l'étable chaude, les moutons crottés et le chien, notre compagnon de garde, l'été.

Très souvent il y avait hostilité de village à village.
L'humeur belliqueuse nous poussait au cœur l'amour
des bagarres et des bons coups. Les grands surtout se
bravaient, se menaçaient, puis s'étreignaient furieuse-
ment, roulant dans les combles[1]. Le sang coulait quelquefois, rougissant la neige. Certains jours, c'étaient de
vraies batailles rangées, et celui qui s'y distinguait par
sa force et sa bravoure ne tardait pas à prendre sur
tous un ascendant considérable.

Nous nous retrouvions le vendredi matin pour nous
rendre en classe. Il fallait partir avant le jour. Nous
marchions dans la neige jusqu'au ventre pendant une
heure, deux heures, la casquette enfoncée jusqu'aux
oreilles, notre « saïle » tout dépenaillé sur l'échine, couverts par « l'écir » d'une poussière blanche et glaciale,
portant, l'un un seau de lait qu'il trouvait glacé en arri-
vant, l'autre une tourte de pain bis sur l'épaule avec un
bâton planté dans le milieu.

---

1. Gros tas de neige amoncelée par le vent dans les crevasses, les plis
du terrain qui en sont remplis, *comblés* jusqu'au bord, d'où leur nom de
« combles ».

L'hiver se passait ainsi, uniforme, ramenant les mêmes jeux, les mêmes occupations. Deux fêtes en rompaient la monotonie : le carnaval et la « messe de l'école ».

Qu'il y eût classe ou non, on prenait congé les jours gras. Si l'autorité académique ou préfectorale ne connaît pas la nécessité qu'il y a d' « enterrer » dignement le carnaval, tant pis pour elle, on « l'enterrera » quand même ! Nous quittions nos caméristats pour trois jours. Le dimanche, le lundi et le mardi, nous « passions » d'une grange à l'autre pour demander « la paille du carnaval ». Nous ramassions ainsi de grands tas de paille avec lesquels nous construisions un géant, que nous brûlions le mardi soir à la nuit tombante, en agitant chacun un brandon et en chantant la complainte de circonstance :

> Adiou, paouri carnabar.
> Tu t'en basi et yeou doumori.

« Adieu ! pauvre carnaval. — Tu t'en vas et je demeure. »

Le Carême ! Saison de pénitence, d'abstinence et de jeûne pour le cámériste ; saison de prières et de chapelets. Prière le matin, prière à midi, prière le soir à l'église sous la surveillance du maître ; après souper, deux chapelets ; le jeudi matin, messe ; le dimanche, rosaire et chemin de la croix. Les plus grands jeûnent les jours proscrits. Mais tout le monde jeûne un certain jour de carême, car c'est ce jeûne qui fait trouver beaucoup de nids, l'été.

« Vous porterez deux sous chacun demain pour payer la messe, » nous dit un jour l'instituteur.

La « messe de l'école », c'est, si vous voulez, la fête de

l'école, la Sainte-Barbe de nos écoliers. Huit jours durant, nous avons, curé, maîtres et élèves, chanté des cantiques et répété tous les mouvements de la cérémonie. Nous arrivons, le grand jour, dans nos habits flambants neufs, car nous nous arrangeons tous pour avoir un habit neuf pour la circonstance. A l'école des filles, c'est

Écolier se rendant à l'école.

une véritable débauche de toilettes. On se dirige en pompe vers l'église remplie de parents et de curieux. Pendant une heure, nous chantons à plaisir de gorge, groupés autour de l'harmonium tenu par le maître. A midi, gala. Ce jour-là, nos parents dînent avec nous au caméristat. Ils ont apporté des jambons, la tête du porc, des gaufres et du vin dans des outres. A la fin du repas, une bouteille de vin blanc est de rigueur.

On se hâte cependant, car il s'agit d'aller danser à l'école dans une salle préparée à cet effet. Jusqu'à la nuit c'est une succession ininterrompue de bourrées, au son de la cabrette ou de la cornemuse. Parents et élèves, vieilles mamans et garçonnets, rivalisent d'ardeur à la danse, se font vis-à-vis dans le plus pittoresque accouplement.

Après la « messe de l'école », vient une période d'impatience et de nostalgie pour le caمériste. Les souffles tièdes du printemps ont mis à nu la bruyère, et le ciel est redevenu pur. Les matins surtout sont délicieux. Le soleil couronne les dômes d'une calotte d'or qui les fait ressembler à de majestueux évêques célébrant le réveil de la nature. Le jeune écolier, se rendant en classe, contemple ce ruissellement de lumière ; il entend le merle siffloter dans les taillis, et le coucou, joyeux symptôme. Au loin un laboureur chante la *Grande* :

Lo lo lo lo lo lère lo ! !

On ne l'avait pas ouïe depuis l'automne, la rustique mélopée, si souple et si libre, nuancée à l'infini selon la saison, l'heure ou le travail, pauvres notes de rien avec quoi le bouvier conte sa peine ou sa joie à l'espace. Aujourd'hui, c'est un hymne au soleil vivifiant, à la splendeur de la nature. Ce laboureur, lui aussi, est ivre des senteurs du terroir, ivre d'azur et de lumière chaude.

Il sent tout cela, le jeune écolier que nous voyons sur la route. Ce qu'il a sous les yeux l'éblouit ; de mystérieux effluves lui montent au cerveau et le grisent. Par moments, une joie folle lui dilate le cœur : il pressent les beaux jours. Voyez comme il va lentement, mollement ; bien sûr qu'il arrivera trop tard, avec du temps de reste. Il regarde là-haut vers la montagne, vers les

bois et la bruyère, et tout un monde de souvenirs surgit
dans sa mémoire... Il arrive enfin. Le caméristat lui
paraît sombre, infect, l'école sévère, froide, ennuyeuse.
A chaque instant, vous le surprenez tourné vers la fenêtre. Il contemple les prés, les champs, les rocs ruisselants de lumière et l'horizon fascinateur. Prenez garde !

La vallée de Cheylade.

Ne soyez pas étonné si, ce soir, il fait l'école buissonnière. Après la soupe, il aura voulu faire un tour parmi
les peupliers et les aunes et n'aura pu s'en arracher. Ce
qu'il lui faut, voyez-vous, c'est son bâton, son troupeau,
son chien, le bon soleil, et puis le grand air salubre et
le vol libre !

« Je quitte ce soir, monsieur.

— Je quitte ce soir, Tinoune. »

Et, d'un geste vigoureux, il charge ses livres sur l'é-
paule, dit au revoir au maître, à la Tinoune, au Chat, et
gagne son village.

L'automne le ramènera, rude, un peu sauvage, le teint
bruni, la voix éraillée, content malgré tout de rentrer au
caméristat, de retrouver ses camarades, de leur raconter ses prouesses de l'été, sa vie de là-haut, l'orage qui
a brisé un arbre à deux pas de lui en lui foudroyant
deux vaches, les « peurs » qu'il a « vues », le pâtre qui a
tué son vacher... La perspective des jeux bruyants, des
glissades, des horions, des longues veillées et des
danses le réjouit fort. Il a fait provision d'air pur, s'est
rassasié de liberté, il peut attendre le retour des beaux
jours.

———

# PRENDRE UN ÉTAT

« Si tu pouvais prendre un état, pauvre Pierre, et n'avoir pas à suivre les maîtres, toujours dehors, à la rage du temps! » Ainsi parle ma mère.

« Prendre un état », c'est-à-dire un emploi rémunéré par le gouvernement, commis des postes, rat de cave, maître d'école, où l'on soit à l'abri du froid et du chaud, un métier enfin dont le salaire soit assuré avec une retraite au bout de la carrière. C'est le rêve de ma mère, rêve cent fois caressé, pour lequel elle sacrifierait ses maigres économies, fruit d'un dur labeur.

« Vois-tu, petit Pierre, me dit-elle un jour, il est bien malheureux, le travailleur de terre, crois-moi! Qu'est-ce qu'il fait, celui qui n'a qu'une paire de vachottes ou qui est le métayer d'un autre? Il crève de faim et de misère, mon pauvre. Toute l'année, d'une aube à l'autre, il traîne la galère pour ramasser quoi? Quelques pauvres gerbes si l'orage lui en laisse, un peu de « companage[1] » qu'il ne vend pas, qu'il donne, quelques bêtes dont le commerce va si mal, ces années-ci surtout, que, des fois, à la foire, les maquignons ne lui demandent pas seulement pourquoi il les a sorties!

« Et encore n'a pas qui veut un coin de terre à soi, un domaine en fermage. Vois tes camarades, Michel, Guil-

1. Tout ce que la fermière fabrique ou vend elle-même : beurre, fromage, œufs, etc.

laume, Jean... Depuis l'âge de sept ans, on les loue tous les étés. C'est dur, va, pour une mère, et il fait mal être pauvre! Jusqu'ici, grâce à mon aiguille, j'ai pu te garder près de moi, mais je me sens lasse, lasse, ma fin approche, et, quand je serai partie, tu verras qu'il te manquera quelque chose, à toi, petit Pierre, et à ta petite sœur aussi. On te louera, pardi! comme les autres ; il le faudra bien. Quelque matin d'avril on te conduira chez un maître, dans un village éloigné ou dans quelque hameau perdu, là-haut vers les bois sombres. Je te vois, ton petit sac sur l'épaule, en sabots garnis et gilet à manches, ton « saïle » sous le bras, cheminant sur le sentier qui monte à Codebos, trébuchant et chancelant à travers les fondrières, et j'entends le maître qui te crie de sa voix dure : « Allons, petiot, prends ces moutons et « ce chien et gagne là-haut, par les bruyères! »

« Alors, tu auras plus d'une fois le cœur gros en songeant à ta mère perdue sans retour et tu pleureras ses caresses. Plus d'une fois, le soir, quand tu mèneras clore, pris de peur auprès des « sucs [1] » déserts, tu regarderas le ciel, pour voir si je ne suis pas là-haut, parmi les étoiles, à veiller sur toi. Et tu maudiras les nuits brumeuses qui t'égareront le troupeau...

« ... Tu pleures, petit Pierre ; il faut bien pourtant que je te dise avant de mourir ce que tu dois savoir! Oui, tu gagneras ton pain chez les autres. Tu mangeras la soupe noire de la ferme, le petit lait clair et fade comme l'eau, le croûton sec qu'on te mettra dans le sac, et tu seras quelquefois bien heureux de trouver un chou-rave pour apaiser ta faim. Tu iras pieds nus dans les champs, par

1. Groupes de puys solitaires et stériles qui se dressent au milieu des pâturages.

les cailloux, par les « écots », par les buissons qui t'écor-
cheront les pieds. Le soleil te brûlera la figure, te noir-
cira le cou : « Reste dehors ! » te dira ton maître. Il
pleut, il tonne : « Reste dehors ! » Il neige, il écire :
« Reste dehors ! » Toujours dehors, à la rage du temps !

« Et pas de mère pour te consoler, le dimanche, quand
tu viendras ici. Sans doute il y a bien ta grand'mère,
mais elle a soixante-quinze ans, et le chagrin de me voir
mourir finira de la tuer, la pauvre femme. Tu verras,
petit Pierre, que tout cela t'arrivera quand je serai
morte.

« Ah ! si tu pouvais prendre un état et n'avoir pas à suivre les maîtres ! Je mourrais contente, vois-tu, si je savais qu'un jour tu occuperas une place de quelque chose,
maître d'école par exemple. Tu serais toujours à l'abri,
propre et sec, on t'appellerait Monsieur, et tu aurais une
retraite, à la fin, comme le vieux Coussert, qui vit rentier
maintenant. Vois le père Chanteil, son voisin, qui a
quatre-vingts ans et qui a fait plus de soixante ans domestique. C'était le plus rude travailleur de la vallée,
trimant nuit et jour comme une bête, n'entrant jamais
dans une auberge. En voilà un qui en a coupé des chars
de foin et semé des champs de blé ! Aujourd'hui, il est
sur la paille. Voilà ce qui attend le pauvre domestique.
Qui sait ? Si tu avais un peu bonne tête et si tu travaillais
bien à l'école, peut-être ton père pourrait-il te laisser en
classe et te pousser maître d'école. Ah ! si tu savais ! si
tu savais !... Comme tu travaillerais ! Promets-moi que
tu apprendras bien tes livres, que tu deviendras savant
pour échapper au sort maudit des travailleurs de terre.

— Oui, mère, dis-je en sanglotant, je travaillerai, je
t'assure ! »

Elle mourut, malgré d'héroïques efforts pour vivre. Grande fut ma douleur.

Quelques jours après, je revins en classe. Un mouvement de curiosité se fit dans la salle lorsque j'entrai. Je lus de la pitié dans les yeux de mes camarades et je ne pus retenir mes larmes. Le maître, un homme de cœur, interrompit sa leçon, s'approcha de moi, m'encouragea par des paroles très douces. Cela me fit du bien. Mais tout travail m'était impossible, et il le sentait. Je restai ainsi plusieurs jours accablé par notre malheur, incapable de résignation. Quand je rentrais chez nous, il me semblait que j'allais la voir, cousant à la fenêtre, mais la place était vide. Seule, au coin du feu, grand'mère filait sa quenouille, toute triste, et la maison me paraissait grande, et lugubre son silence. La nuit, dans mes rêves, je retrouvais ma mère faisant son travail accoutumé, et mon réveil était déchirant. En classe, je ne travaillais toujours pas... Pourtant, il aurait bien fallu me ressaisir, car je devais dans l'année me présenter au certificat d'études. Une nuit je crois entendre ma mère me renouveler ses conseils, et me redire avec plus d'insistance : « Si tu pouvais prendre un état...! » Elle semblait me reprocher doucement l'excès de ma douleur. Longtemps j'eus de la peine à lui obéir.

Cependant je repris goût à la vie et à l'étude. « Me faire maître d'école, » j'y songeais sans doute, mais cela me paraissait au-dessus de mes forces. Je me disais : « Comment pourrais-tu réussir là où tant d'autres, et des meilleurs, ont échoué? Le brevet, l'école normale, ce sont des examens redoutables[1], et tu n'as pas seule-

1. Il y avait alors une centaine d'aspirants pour une douzaine de places à

ment passé le certificat d'études. Tu ne seras jamais qu'un âne! Garde-toi bien d'en parler à quelqu'un! On se moquerait de toi! »

*
* *

Nous étions alors une vingtaine de garçons, de dix à quinze ans, confiés à un instituteur adjoint qui eût été un éducateur incomparable, si le zèle suffisait pour l'être. Il n'avait qu'une ambition : nous bourrer de science. Sa classe était une « mue » où il nous gavait sept ou huit mois et d'où nous sortions presque tous munis du certificat d'études, du « santificat », comme disaient nos mères.

Nous arrivions en classe à sept heures et demie du matin l'hiver, à cinq heures l'été, quelquefois avant, ce qui nous obligeait, ceux des villages, à nous lever à la première aube. Ne croyez pas qu'il fût nécessaire de nous arracher du lit, à cette heure matinale : on nous trouvait toujours debout, impatients de partir. Loin de nous faire tirer l'oreille, nous rivalisions de zèle. Je me souviens qu'un camarade d'un village voisin et moi, nous « faisions à celui » qui arriverait le premier. Chacun de nous avertissait l'autre de son passage par un bâton planté à un endroit convenu sur le bord du chemin. Je dois dire que mon compagnon le plantait aussi souvent que moi, quoiqu'il vînt de plus loin. Nous excitions l'étonnement des bouviers de ferme rencontrés sur la route. Ils nous demandaient « si nous voulions

l'école normale. Dans ces conditions, il suffisait pour échouer de broncher sur l'orthographe.

devenir aussi savants que le notaire, que nous allions en classe de si bonne heure » !

Sitôt arrivés, sitôt à l'étude. Vers six heures, quelquefois avant, notre maître « s'amenait » à grands pas, une pile de cahiers sous le bras, — les devoirs de la veille, dont nous attendions les notes avec angoisse. Il fallait nous voir suspendus à ses lèvres, lorsqu'il commençait : « Un tel, tant de fautes ! » Nous faisions ensuite une dictée, puis une analyse suivie d'une demi-douzaine de problèmes que nous corrigions sur place. A huit heures, à la rentrée, dictée, problèmes. A onze heures, au lieu de sortir, dictée encore. Et quelles dictées ! Des dictées semées de mots traîtres, remplies de traquenards où nous butions à chaque pas. Pendant trois quarts d'heure, nous restions là, penchés sur notre cahier, nous martelant la cervelle, perdant les yeux à chercher les fautes, tournant et retournant les phrases, les propositions, les traduisant en patois, conjuguant les verbes, épelant les noms, scrutant les genres, surveillant les participes, suspectant les mots d'usage, pris de la fièvre du doute pour le plus commun des vocables — *village, faut-il deux l ou un l ?* — écrivant alors le mot suspect de trois ou quatre façons sur la couverture ou la table et choisissant celle qui choquait le moins l'œil ; balbutiant tout bas des règles apprises par cœur, — *apaiser, apitoyer, aplanir, apercevoir, apostropher, apostiller ne prennent qu'un p,* — puis, lorsque le maître relisait, épiant les liaisons révélatrices qui lui échappaient à son insu, relisant nous-mêmes après lui, une fois, deux fois, une fois pour les fautes, une fois pour la ponctuation, utilisant jusqu'à la dernière minute, suppliant le maître de nous accorder encore une seconde, rien qu'une, et remettant à ce moment suprême une correction hasardée qu'on risquait, tant pis ! comme un joueur qui ponte son dernier écu. Enfin nous sortions pour aller dîner, mais, dans la rue, les discussions commençaient :

« Combien as-tu mis de *t* à abatage ?

— Deux, pardi, comme dans abattre.

— Je crois qu'il n'en faut qu'un. »

Et comme nous voulions tous avoir raison, pour trancher la question nous retournions en classe consulter le dictionnaire, ou bien nous accostions le maître qui s'en allait, son éternelle pile de cahiers sous le bras :

« Monsieur, c'est-il vrai que *coteau* ne prend pas d'accent circonflexe ? »

Et nous oubliions de rentrer dîner, et nous rêvions encore aux caprices de quelque satané participe en mangeant la soupe. Tandis que nous faisions notre maigre repas, le maître, de son côté, déjeunait à la hâte à la petite auberge du village où il prenait pension, afin de pouvoir corriger nos cahiers avant la rentrée du soir. D'une heure à quatre, nous trouvions quelquefois le moyen de faire une autre dictée. A quatre heures, une dictée était de rigueur. Vers cinq ou six heures, juste au moment où, harassés et rassasiés, nous nous préparions à sortir, le directeur arrivait en coup de vent dans la classe, un journal à la main :

« *De la meilleure manière d'écrire l'histoire.* »

Et, sans faire la moue, bravement, héroïquement, nous recommencions une dernière dictée dont la correction, faite par le directeur, nous donnait la chair de poule.

Malheur ! Que j'en ai englouti de ces dictées ! Je ne sais pas comment je n'en suis pas resté infirme.

Les leçons alternaient avec les exercices écrits, plus ou moins claires, plus ou moins comprises, sans rien qui les distinguât les unes des autres, sauf celles d'histoire et de géographie, auxquelles je dois une mention spéciale. Notre maître tenait à honneur de nous rendre absolument supérieurs en ces deux matières. Nous ne connaissions pas en France moins de deux cents noms de cours d'eau, — « autant qu'on en demande au brevet supérieur ! » disait notre maître triomphant, — depuis la Liane qui se jette à Boulogne, jusqu'à l'Oudon, affluent de la Mayenne. Le plus ignorant aurait pu citer sur les côtes une bonne centaine de golfes, de baies, de havres, d'anses, de caps, de promontoires, de pointes, de détroits, de goulots, de pertuis, d'îles et d'îlots. Notre atlas ne mentionnant pas le quart de tout cela, nous fouillions toutes les cartes murales, tous les manuels, tous les atlas, anciens et nouveaux, cueillant ici un cap, là un sous-affluent, plus loin un pic avec son altitude.

Un jour, les grands élèves du cours complémentaire, candidats au brevet et à l'école normale, s'avisèrent — ils croyaient nous attraper ! — de nous interroger sur la géographie. On les disait eux-mêmes d'une assez jolie force, car ils avaient aussi notre toquade, et rien n'est plus contagieux dans les écoles que l'engouement pour un enseignement ou pour un exercice. Ils nous demandèrent les affluents de la Vilaine. L'un de nous leur cita, sur la rive droite, l'Ille et l'Oust grossi lui-même de l'Aff, et, sur la rive gauche, la Seiche, la Chère, le Don et l'Isac.

« Plus la Meu, qui passe à Montfort, » compléta un deuxième.

Nos grands camarades jugèrent prudent de ne pas

pousser plus loin leurs questions. Sur l'Alsace-Lorraine nous devions laisser loin derrière nous les meilleurs stratèges de 1870. On nous avait tant répété : « Les Allemands connaissent la France mieux que nous, » qu'à tout prix nous ne voulions pas mériter ce reproche. Tous les accidents du sol lorrain nous étaient connus. Nous savions la plupart des chefs-lieux de canton et nous avions fait peut-être vingt fois la carte de la province perdue. Cette question de l'Alsace-Lorraine passionnait notre maître. Il nous eût vertement relevés si, donnant les bornes de la France, nous avions dit : « *Elle est bornée à l'est par les Vosges,* » et non « *par le Rhin !...* »

En histoire notre savoir, aidé par les procédés mnémotechniques les plus divers, n'était pas moins minutieux qu'en géographie; mais ce qui donnait à cet enseignement un caractère à part, c'est le point de vue héroïque où se plaçait notre maître. Il était de tempérament belliqueux, et, en vrais montagnards, nous l'étions autant que lui. Ce diable d'homme avait le don de nous « électriser », comme il disait. Il fallait le voir raconter en la dramatisant « l'épopée » napoléonienne. Nous ne pouvions tenir en place. Emportés par sa verve, nous traversions au pas de course, derrière le grand tueur d'hommes, tous les champs de bataille de l'Europe, de la campagne d'Italie où nous culbutions les uns sur les autres, comme des moutons effarés, les généraux autrichiens, jusqu'à la retraite de Russie, où nous cheminions sous la neige, pareils à de vieux grognards.

Cette histoire prestigieuse — surhumaine et inhumaine — nous désenchantait le présent, et presque l'avenir qui ne pourrait jamais ressembler à ce passé. Nous en étions insatiables, à tel point que notre livre nous parut bientôt insuffisant. Il ne parlait pas seulement de l'épisode du pont d'Arcole! Quelques-uns d'entre nous achetèrent la grosse histoire du cours complémentaire, et l'on put nous voir passer nos récréations à apprendre par cœur notre beau livre, dont les récits plus complets et les pages immaculées nous causaient comme une sorte d'ivresse. Un dimanche matin, — car, à l'approche de l'examen, nous faisions classe le dimanche jusqu'à dix heures, — nous poussâmes le goût du merveilleux jusqu'à prier notre héroïque maître de nous refaire la campagne d'Italie, et, rangés en cercle devant la carte, frémissants d'impatience et de joie, nous écoutâmes encore une fois le récit qu'il nous refit d'enthousiasme, pour le plaisir, pour la gloire!

Le soir, en rentrant chez nous, juchés sur quelque monticule, nous clamions dans l'espace les vers célèbres :

Waterloo ! Waterloo, Waterloo, morne plaine !

. . . . . . . . . . . . . . . . . . .

tandis que, sur l'autre versant de la vallée, nos compagnons hurlaient le *Clairon* de Déroulède :

Et là-haut sur la colline,
Dans la forêt qui domine,
Le Prussien les attend !

Enfin, le grand jour de l'examen arriva. Tout nous parut facile. La dictée ? Nous en avions vu bien d'autres ! Les problèmes ? Nous en avions fait peut-être une centaine de pareils ! La rédaction ? Notre cuirasse, partout ailleurs impénétrable, avait ici un défaut. Nous étions tous d'une faiblesse lamentable, mais les aspirants des communes

voisines ne paraissaient pas moins embarrassés que
nous devant leur feuille qui ne voulait pas noircir. L'oral
nous surprit par sa simplicité. En histoire, par exemple,
nous eûmes à répondre à des questions enfantines
comme celle-ci : « Racontez le siège de Calais, » nous
qui aurions pu réciter la guerre de Cent ans du premier
mot jusqu'au dernier et même à l'envers. Croira-t-on
que personne ne nous demanda la campagne d'Italie,
pas plus que la cinquième coalition ? De même, en géographie, des questions ineptes : *Citez un grand port
militaire dans la Méditerranée, un lac que traverse le
Rhône.* Nous crevions d'envie de crier à ces pauvres
examinateurs :

« Mais, monsieur, demandez-nous quelque chose de
plus difficile, bon Dieu ! tous les fleuves côtiers de la
Manche, par exemple, ou de la Méditerranée, tous, vous
entendez bien, et nous vous citerons : le Tech, la Tet,
l'Agly, qui passe à Rivesaltes[1], l'Aude grossie sur la rive
droite de l'Orbieu, l'Orb, l'Hérault, le Vidourle, etc. »

Presque tous, nous passâmes comme une lettre à la
poste. L'examen fini, M. l'inspecteur, une liste à la
main, sortit dans la cour et lut d'une voix perçante une
suite de noms... C'étaient les nôtres ! Ainsi, nous étions
la plupart reçus dans les premiers ! Peu s'en fallut que
nous ne poussions des hourras de triomphe ! Certes, ce
soir-là, nous nous crûmes aussi grands que le monde.
Et il dut être bien fier aussi notre maître qui, de toute
la journée, ne nous avait pas quittés d'une semelle,
allant, venant, revenant, partout à la fois, comme s'il
nous avait conduits à quelque héroïque assaut.

1. Nous tenions ce détail d'un de nos camarades dont le père habitait le
Roussillon.

Le lendemain, l'école changeait de face. Beaucoup d'entre nous « quittaient » pour la fenaison, posant la plume et prenant le râteau. Le petit nombre de ceux qui restaient, jouissait de ses lauriers dans un repos bien gagné. Adieu les dictées, les problèmes et les analyses ! Jusqu'aux vacances, nous nous délassions à décalquer des modèles de cartes ou de dessin. Seul, notre maître peinait toujours. De temps à autre, il nous quittait pour aller donner, au cours complémentaire, une leçon de gymnastique, de dessin ou d'arithmétique, à nos grands camarades qui n'avaient pas encore doublé le cap de leurs examens. Et, aujourd'hui, connaissant mieux les fatigues de l'enseignement, je ne puis m'empêcher d'admirer ce vaillant qui faisait dix heures de classe par jour, tenait gratuitement école le jeudi, se privait de toute récréation et consacrait ses longues veilles à la correction de nos malheureux cahiers, pour trente-six sous par jour, juste de quoi ne pas mourir de faim. C'est de grand cœur que je lui pardonne les innombrables dictées dont il nous accabla, tout le fatras historique ou géographique dont il nous farcit la mémoire, et aussi les taloches dont nous fûmes par lui gratifiés et que nous ne volions pas toujours.

\*
\* \*

Mon succès au certificat me donna du courage. « Me faire maître d'école », cela me semblait moins impossible maintenant. J'avais gravi le premier échelon, je viendrais bien à bout des autres. Et, à mes moments de loisir, pendant les interminables séances de dessin,

ou le soir en rentrant au village, je bâtissais peu à
peu le château en Espagne de mon avenir :

« En octobre, je passerai nécessairement au cours com_
plémentaire. Comme j'y travaillerai! Je saurai mes leçons
sur le bout du doigt, quand il faudrait ne pas manger.
Par exemple, j'apprendrai mot à mot ma nouvelle histoire, toute grosse qu'elle est, et, en géographie, il sera
bien habile celui qui me prendra sans vert. »

Et voilà que je ne faisais plus de fautes d'inattention
à la dictée; je connaissais à fond le nom, l'article, l'ad-
jectif, le pronom, le verbe et le participe, tous ces êtres
ondoyants et fantasques qu'il faut apprendre à gouver-
ner sans violence et dont je savais maintenant toutes les
bizarreries. Plus d'erreur dans les opérations de mes
problèmes! Je rédigeais toujours un « plan pour le style »
avec « préambule et conclusion » appris par cœur, pouvant s'adapter à tous les sujets, en particulier à toutes
les fables de La Fontaine, suivant l'ingénieux système
inventé par notre maître et dont il s'était servi lui-
même avec succès.

Une supposition, nous expliquait-il, une supposition
qu'on vous donne le sujet suivant :

La raison du plus fort est toujours la meilleure !

« Tirez-vous de là. Eh bien, moi, je ne ferais ni une ni
deux, je mettrais d'abord mon préambule sur la première page, puis à la fin, sur la troisième, j'écrirais ma
conclusion; cela me ferait toujours pas bien loin de deux
pages de bon style. Bon! Et après? Après! J'analyse-
rais tout simplement ma fable sur la page qui reste
blanche en montrant la « véracité » du proverbe. Ça me
ferait en tout au moins trois pages de devoir, et l'exami-

nateur serait bien le diable s'il ne me marquait pas une bonne note ! »

En fait, neuf fois sur dix, on donnait au brevet l'analyse d'une fable ou le commentaire d'un proverbe emprunté à quelque fabuliste. J'aurais bien du guignon si je ne pouvais utiliser le merveilleux passe-partout.

Déjà je me voyais affrontant l'examen du brevet, celui de l'école normale... Comment ne pas réussir avec tant d'avantages ? Je serai reçu, je suis reçu... Ah ! si ma mère le savait !

Octobre arriva, et, dès la rentrée, je passai au cours complémentaire avec plusieurs de mes camarades. On nous changea tous nos livres, sans doute parce qu'on ne les jugeait plus assez savants. Dédaigneusement je reléguai les miens au grenier, dans un vieux bahut. Plus tard, ils serviraient à ma petite sœur. Les nouveaux coûtaient cher, mais nous nous soucions bien de cela ; nous étions tout entiers au plaisir de les contempler dans leur belle reliure neuve, n'osant pas les ouvrir de peur de les endommager, les enveloppant soigneusement dans plusieurs couvertures, enivrés par l'odeur d'impression fraîche qui s'en dégageait. On nous avait également fait acheter une boîte de compas, de splendides compas en cuivre enchâssés dans du velours, une règle plate, une équerre, deux gommes, plusieurs crayons, un porte-fusain, des pastels, de l'encre de Chine, un godet, des plumes rondes, de grands cahiers de dessin, que sais-je encore ? Devant tout ce bel équipage de livres savants et d'instruments compliqués, une bouffée d'orgueil nous montait au visage.

Hélas ! mon plaisir fut de courte durée. La fièvre typhoïde sévissait alors dans le pays. En Auvergne, surtout dans les hautes vallées, on professe le mépris le plus complet pour ce que les savants et les gens de la ville appellent hygiène. Le grand air, si pur, si tonique, ne vaut-il pas toutes les drogues et ne rend-il pas toutes les précautions inutiles? De fréquentes épidémies punissent cette insouciance.

Comme bien d'autres, je fus frappé par le terrible mal, qui me tint, avec toutes ses complications, trois mois au lit, trois mois de souffrance cruelle, de stupeur morne et de délire. Quelle rude épreuve! A la fin, j'étais tombé dans un abattement profond. Immobile, indifférent à tout, j'entendis cependant le vicaire dire à ma grand'mère : « Oh! quelle terrible fièvre a cet enfant! » A partir de ce moment, un trou noir se creuse dans ma vie... Abandonné du médecin, administré par le curé, condamné par tous, j'en réchappai cependant. Un beau matin, au sortir d'un profond sommeil, le jour se fait dans ma tête : « Je vis peut-être encore, me disais-je, mais où suis-je? Et que s'est-il passé? Je rêve sans doute. Quand je suis tombé, le pays était vert, de ce beau vert des regains et des jeunes blés, plus tendre que celui du printemps. Aujourd'hui, tout est blanc ; à travers la fenêtre, je vois la neige qui tourbillonne. Nous devons être en plein hiver. La porte est close, la maison sombre. Sous le manteau de la cheminée, devant le feu de hêtre, où se chauffe à la braise un petit pot de tisane, j'aperçois grand'mère...; elle file sa quenouille éternelle! Tiens! On m'a changé de lit. Autrefois, je couchais dans l'autre, en face. On a dû aller chercher mes livres à l'école, car je les vois là sur une étagère. Ainsi, je ne suis pas mort. Mais dans quel état la fièvre me laisse! Elle m'a réduit à rien, pécaïre! Je suis là, sous mes couvertures, comme un petit lézard vieillot, refroidi, affreusement maigri, racorni, incapable de remuer seulement mes jambes de fuseau et mes bras grêles. Mais quelle tenaille me mord le ventre ?

« Grand'mère, j'ai faim ! Oh ! que j'ai faim !

— Tu as faim ! s'écria ma grand'mère en sursautant de surprise et en posant sa quenouille. Oh ! alors tu es sauf ! »

Et vite elle courut à l'étable chercher un œut bien frais, que j'avalai d'un trait. Il me semblait que j'aurais mangé la poule avec ses plumes.

Dix minutes après :

« Grand'mère, j'ai faim. »

Et grand'mère courut me chercher un second œuf.

« J'ai encore faim, grand'mère ; faites-moi de la soupe.

— A la bonne heure ! Mange ! Ça vaut mieux que la tisane ! »

Et, la soupe engloutie :

« Je mangerais bien un peu de lard, grand'mère.

— Diable ! C'est un plaisir de te voir manger, mais ça te ferait mal à la fin. Attends le soir, au moins. »

J'attendis. Je me mis à dormir comme un bienheureux, d'un sommeil réparateur, si bien que, le soir venu, je dormais encore. Lorsque je m'éveillai, la pendule, de son timbre clair, sonnait cinq heures du matin. J'avais une faim de loup à jeun et tout dormait dans la maison. Je n'osai pas réveiller grand'mère qui avait passé tant de nuits à mon chevet. Je résolus de patienter jusqu'au jour, mais quelle torture durant ces deux heures ! Plus de dix fois je fus sur le point d'appeler. Enfin, l'aube parut, tardive et lente, à travers les carreaux givrés aux fleurs de nacre. Un cri m'échappa :

« Grand'mère ! Que j'ai faim ! Si vous saviez ! »

Et grand'mère, malgré ses soixante-quinze ans, malgré l'asthme qui l'oppressait, se leva promptement. Je la vis prendre un vieux sabot, aller chez la voisine, le rapporter plein de braises vives et allumer son feu. Mais qu'il était lent ce feu, et lente aussi la pauvre vieille, et mauvaise la faim qui me tenaillait !

Je pleurai silencieusement, angoissé, rageur, jusqu'au moment où je tins dans mes mains ma soupe chaude, que j'avalai goulûment avec un rire épanoui.

Pendant les deux mois que dura ma convalescence, je fus en proie à une faim sans cesse renaissante. Ce que je consommais en un jour était prodigieux ! De grandes écuellées de soupe de pain bis, les œufs de toutes nos poules et d'épaisses tranches de lard qui faisaient mes délices. A ce régime, je repris vite des forces ; mes couleurs revinrent, et aussi la joie, le plaisir de vivre.

\*
\* \*

Vers la fin de février, je rentrai en classe. Il le fallait bien. Puisque j'avais montré quelque goût pour l'étude, on me laisserait à l'école toute l'année : « D'abord, disait grand'mère, donnons-lui le temps de se remettre. Et puis, si on pouvait tout de même lui éviter d'aller chez les autres, si on pouvait le pousser, en faire quelque chose, ça vaudrait encore mieux ! »

Un matin donc, par une bise piquante, je repris tout grelottant le chemin de l'école.

« Tiens ! Quel est ce revenant ! s'écria le maître en me voyant. Tu avais donc chaussé tes bottes pour le grand voyage ? » Et toute la salle d'éclater. Moi aussi, je riais de bon cœur.

La classe, à peu près vide l'été, était maintenant bondée de garçons de tout âge et de toute taille, depuis onze jusqu'à vingt ans, empilés les uns sur les autres. C'est à peine si je pus me caser derrière un grand diable, si gros et si haut, qu'il m'obstruait la lumière...

Depuis cinq mois, les cours étaient commencés, les « cours », c'est-à-dire, pour moi, quelque chose de mystérieux comme l'astrologie. Un jeune maître, frais émoulu de l'école normale, vint nous enseigner les fractions irréductibles ; il parla de « termes équimultiples », de « réciproques », de « théorèmes », etc. J'avais beau écarquiller les yeux, je n'y comprenais absolument rien. Ce qui me fit le plus de peine, ce fut de voir l'air entendu de mes camarades, de ceux qui avaient passé avec moi le certificat d'études. A chaque parole du maître, ils opinaient du bonnet, prenaient un air détaché qui prouvait qu'ils avaient compris, archicompris. On donna un devoir qu'il fallait faire à l'instant même. Je me levai sur la pointe des pieds pour copier celui de mon voisin :

« Il n'y voit que du bleu ! » dit à celui-ci un de mes camarades, et son ton signifiait : « Tu n'imagines pas l'âne que c'est ! » Je me fis pitié et je pensai : « Tu seras toujours le dernier, mon pauvre ! »

Vers le soir, un autre jeune maître, imberbe et maigre comme un sac de clous, arriva d'un pas leste, un gros cahier sous le bras :

« Écrivez ! dit-il : Le chlore.

— Bon, pensais-je, une dictée ! Ça va bien ! Mais le titre est difficile ! »

Et je tirai mon cahier de dictées.

« Mais non, bête ! me dit un voisin en éclatant de rire. C'est de la chimie. Prends un cahier neuf. Ici, il faut un cahier pour chaque chose. »

Je pris un cahier neuf et j'écrivis, rapide comme le vent, un incompréhensible charabia. Mon étonnement redoubla lorsque, sa leçon finie, l'instituteur tira du fond d'une armoire une lampe, des sels, des liquides, des tubes, des bocaux, et se mit à faire la cuisine. « Nous allons préparer du chlore, » dit-il. Il disposa ses machines. Au bout d'un instant :

« Vous voyez ? le chlore, ce gaz verdâtre, d'odeur piquante, soluble dans l'eau, pesant 3 gr. 16 par litre, se dégage du ballon à deux tubulures. »

L'odeur piquante commençait, en effet, à envahir la salle. Le jeune magicien s'efforçait en vain de l'enfermer dans des flacons : elle devenait, de minute en minute, plus intense. Bientôt, ce fut insupportable. Toussant, éternuant à qui mieux mieux, il nous semblait avoir prisé du poivre, avoir avalé du feu. Et le magicien lui-même, ne pouvant y tenir, ouvrit la porte, malgré le froid.

Fort heureusement, il n'en fut pas ainsi tous les jours. La physique, que je redoutais, n'eut aucune odeur, l'histoire naturelle non plus, et la chimie elle-même nous épargna davantage. Mais, n'ayant pas suivi la première moitié des cours, la suite me resta complètement fermée. Imaginez un écolier qui commence à étudier la théorie arithmétique par les proportions, la géométrie par le pont aux ânes, la physique par la loi de Mariotte, et la musique par les accidents ! J'en étais stupide.

Cependant je ne tardai pas à m'apercevoir que « si je n'y voyais que du bleu », mes camarades, ceux de mon âge, qui d'abord m'avaient ébloui par quelques récitations routinières, n'étaient pas, au tableau noir, moins incapables de démontrer un théorème ou d'expliquer le fonctionnement de la machine pneumatique.

La dernière classe prenait l'enfant à cinq ans, ignorant de tout, ne comprenant que le patois; la première le préparait au brevet et à l'école normale. On sent aisément le vice de cette organisation. Un certain désordre s'ensuivait. Tandis que nos maîtres s'égosillaient et se chamaillaient avec les candidats aux grands examens, nous, au fond de la classe, nous nous amusions de bon cœur, criblant le plafond de boules de papier mâché, tailladant les tables et nous flanquant de rudes torgnoles.

Peu à peu, j'en vins à trouver que l'instruction était peut-être une précieuse amande, mais que l'écorce en était vraiment trop amère. Encore, si ce qu'on m'enseignait n'eût été que difficile! Mais il y en avait trop, démesurément trop.

- Quand je songe à ma rentrée au cours complémentaire, après ma longue absence, je me fais l'effet d'un homme qui, après un long jeûne, aurait été convié à une véritable ripaille intellectuelle. Notre directeur, dans son ardeur juvénile, enseignant tout ce qu'il savait et tout ce qu'il voulait apprendre, nous bourrait comme autant de petits Gargantuas. Son programme était plus étendu que celui des écoles normales. En histoire, nous voyions défiler toute la procession des peuples de l'antiquité depuis les Chaldéens jusqu'aux Romains. Menès, Chéops, Ramsès, Amenehmat III, nous étaient aussi familiers que le loup blanc. Jugez du moyen âge, des temps modernes! L'année n'a que dix mois, mais dame, nous faisions les journées longues! Et que dire des autres sciences? Me croira-t-on si j'affirme qu'il y avait parmi nous des géomètres capables de résoudre tel problème embarrassant pour un bachelier? Le vrai peut quelquefois n'être pas vraisemblable.

L'arpentage, le nivellement, le cubage, les règles de société, la tachymétrie, — ce mot m'effraya longtemps! — nous étaient également enseignés. Le cours de comptabilité, en partie double et en partie simple, ne remplissait pas moins de cinq cahiers écrits en beaux caractères moulés, avec des titres en ronde, en bâtarde, en gothique, séparés par des doubles, des triples traits! On poussait l'algèbre jusqu'aux équations du second degré. Physique, chimie, botanique, zoologie, géologie, minéralogie, hygiène, agriculture, étaient l'objet de cours spéciaux et « complets ». Et le dessin! Que de variétés! Dessin d'ornement d'après la bosse ou l'estampe, dessins en couleurs, — combinaison bizarre du crayon et de l'aquarelle, — dessin géométrique, relevé avec cotes d'objets usuels, lavis à teintes plates ou conventionnelles, projections de solides, dessins d'édifices et de paysages... Nous excellions surtout, il faut bien l'avouer, dans le calque de l'estampe à l'aide d'un papier de soie ou d'un papier huilé. Quelques-uns de mes camarades arrivaient au fac-similé, et même la copie, disait-on, l'emportait sur le modèle par son fini et son velouté. Notre maître donnait des soins particuliers à l'histoire littéraire. Celle des origines formait à elle seule un gros cahier. Nous traduisions des textes et nous apprenions des passages. Les noms de Bertrand de Born, de Jean de Meung et de Rutebeuf ne nous étaient pas moins familiers que celui de La Fontaine. C'était même ce que nous savions le mieux, d'abord parce que c'était le com-

mencement, ensuite parce que c'était plus à notre portée
que le reste du cours, qui se perdait en considérations
sur une foule d'auteurs, illustres ou obscurs, dont nous
n'avions pas lu une seule ligne. Le tout ensemble nous
paraissait d'ailleurs horriblement difficile, et, malgré de
sérieux efforts, nous ne parvenions pas à savoir « l'histoire littéraire », ce qui nous désespérait, car nous y
attachions une importance capitale.

Ai-je fini? Non. Notre programme, vraiment univer-
sel, comprenait encore la grammaire, la lecture expli-
quée, l'analyse logique et grammaticale, la formation
des mots, l'étude des qualités générales et particulières
du style, les figures, depuis l'inversion jusqu'à l'antono-
mase, en passant par la catachrèse; la rhétorique, la
versification, tous les genres de poésie, lyrique, épique,
dramatique, etc., tous les genres de prose, plus un
tableau des littératures grecque, latine et étrangères,
plus des récitations interminables, — la Grève des forge-
rons, de Coppée, la Robe, de Manuel, — plus un cours
d'architecture, plus la morale, l'instruction civique,
l'écriture, la gymnastique, — marches, contremarches,
agrès, maniement d'armes, avec de vieilles et lourdes
arquebuses découvertes dans le grenier de l'école, —
plus encore le travail manuel, — travail du papier, du
carton, du bois, — plus le chant et le solfège, plus enfin
tout le cycle des devoirs écrits : dictées, rédactions, problèmes, théories et exercices d'application sur toutes
les matières enseignées! Manifestement, notre laborieux
instituteur ne voulait rien nous laisser ignorer. S'il
avait su le sanscrit, il se serait hâté de nous l'apprendre.

Je me suis souvent demandé comment ce jeune homme
— il avait à peine vingt-trois ou vingt-quatre ans —

pouvait résister au terrible surmenage qu'il s'imposait, car presque toute la besogne retombait sur lui seul, ses adjoints ayant des classes chargées. Debout bien avant le jour, pour corriger nos devoirs et préparer ses leçons, il devait encore, avant de rentrer en classe, faire lever ses trente cámeristes, les surveiller à l'étude du matin, les faire déjeuner. En classe, c'était une autre affaire : interroger, expliquer, répéter, réprimander, tancer, criailler toute la journée. Le soir, étude, surveillance du souper, de la récréation, du dortoir. Le jeudi matin, classe; le jeudi soir, promenade; le dimanche matin, surveillance, quasi obligatoire à cette époque, des exercices religieux; le dimanche soir, promenade. Enfin, le secrétariat de la mairie, prolongeant ses veilles et absorbant ses rares loisirs, lui donnait le coup de grâce. Il avait plus d'une fois les yeux rouges et cerclés de bistre.

C'était assurément quelque chose d'original que l'existence, il y a trente ans, dans un coin perdu de l'Auvergne, à quarante kilomètres de toute voie ferrée, d'une école où l'on étudiait avec une telle fureur. Et moi-même qui avais connu d'autres temps, quoique bien jeune, frappé d'admiration devant ces enseignements nouveaux auxquels je comprenais si peu de chose : « Si le vieux Coussert qui m'a appris à lire revenait, murmurais-je, qu'est-ce qu'il dirait de nous voir maintenant faire de la littérature, de l'architecture, lui qui nous enseignait tout juste à lire le latin de la messe et les premiers rudiments du calcul? Et que dirait la vieille sœur Gandillon qui, il y a cinquante ans, faisait la classe à nos pères, si elle voyait les enfants d'aujourd'hui étudier la chimie, la tachymétrie et la querelle

des Investitures, elle qui n'enseignait aux siens que
la prière et le catéchisme et ne savait, en fait de mathé-
matiques, que les deux premières règles, « ayant bien
entendu parler « d'une troisième et même d'une quatrième, mais ne les « ayant jamais apprises! » Et plus
d'un parmi nous, en songeant aux ténèbres du passé,
se sentait le cœur enflé d'orgueil...

Seulement, l'enthousiasme ne durait guère, chez moi
surtout qui perdais pied, jeté sans transition en plein
courant d'études, ignorant des éléments, accablé par la
multiplicité des leçons et des devoirs. Il y avait de quoi
jeter le manche après la cognée. C'est ce que je fis. Je
commençai par ne plus emporter, pour l'étudier, mon
grimoire de chimie; puis, le cours de physique alla lui
tenir compagnie au fond de mon bureau; l'histoire du
Cycle breton et de « Rome la Grand » les rejoignit bientôt, suivie de près par la géométrie, qui entraîna par
sympathie le cours d'architecture, lequel se fit accom-
pagner par le cahier d'algèbre. Je ne prenais plus que
l'atlas, placé bien en vue dans mon cartable, afin de
donner le change au maître et pour qu'il me laissât partir en paix. Quant à mes devoirs, ils ne me retardaient
guère. En un clin d'œil je les torchais si, par hasard,
je n'étais pas incapable de les faire. Je négligeai peu à
peu mes beaux cahiers de comptabilité aux couvertures
éblouissantes, aux lignes multicolores. De la gothique
artistiquement moulée des premiers jours, je tombai
à la ronde; de la ronde, à la ronde rondement expédiée;
de celle-ci, à la simple cursive; de la cursive, au gri-
bouillage. Les triples traits, tirés à la règle avec un
soin infini, firent place aux doubles traits, aux simples
traits, aux traits à main levée, tirés d'un seul coup de

plume. J'en vins à me contenter d'abréviations, de moitiés, de quarts de mots, de vagues initiales...

*<br>* *

Alors le printemps vint, un printemps hâtif, tiède et lumineux, grouillant de vie, qui acheva de me faire prendre l'école en grippe.

Je n'ai jamais pu résister à cette ivresse. Je n'avais pas cinq ans, avril m'étourdissait déjà avec ses herbages et ses bourgeons gonflés de sève. Aux premières feuilles, l'émoi venait, je suivais les grands flânant vers la rivière, altérés eux aussi de grand air et de soleil. Depuis, pas un printemps n'a passé sans venir me tourmenter et me dire :

« Viens, laisse là cahiers et livres ; les prés fleurissent et les bois s'éveillent ! » Et quand, plus tard, j'ai été maître à mon tour, je n'ai jamais eu le courage de punir ceux de mes élèves qui, par une de ces radieuses journées qu'avril nous apporte entre deux giboulées, au lieu de venir s'enterrer à l'école, prenaient les tertres, enfilaient les « coulées » et gagnaient le large. Je les voyais parfois ou je les devinais sur quelque âpre rocher, scrutant les « avens », effrayant les « hugs[1] » ou « yoldant » aux échos... Hou ! hou ! hou ! hou !... Le lendemain, surtout si le ciel était sombre ou si l'écir reprenait ses farandoles, ils arrivaient tous à l'heure, tranquilles, apaisés, et travaillaient de bon cœur.

Je ne crois pas qu'il y ait de population scolaire plus troublée que celle des montagnes par l'approche des

_____
1. Les hiboux.

beaux jours, plus tentée par l'école buissonnière. Un inspecteur primaire l'avait compris. Il nous disait : « Pro-
fitez d'un beau jour. Prenez vos élèves et allez avec eux,
sans but. Faites ensemble une bonne demi-journée d'é-
cole buissonnière. » Comme il avait raison ! Quelques-
unes de ces après-midi compteront parmi mes meilleurs
souvenirs d'instituteur. On part de bonne heure, on
rompt les rangs dès la sortie du bourg, on s'en va
comme une bande de joyeux enfants, par groupes, en
files, isolés, comme on veut. On bavarde ferme, on chan-
tonne en grimpant la montagne, on s'arrête pour cueil-
lir les primevères... on s'étend tout de son long sur la
bruyère. Puis, l'on dévale au grand trot la pente d'une
vallée et l'on va surprendre un collègue en train de psal-
modier : *ba, bé, bi, bo, bu;* on s'amuse de sa surprise,
de l'effarement de ses marmots, et l'on s'attable dans sa
cuisine pendant qu'il lâche ses élèves avec les nôtres,
dépêche sa femme à la cave avec des bouteilles, et que
lui-même sort de la maie une tourte de pain, un quartier
de fourme[1], pour restaurer les visiteurs, grands et
petits. Et l'on passe un moment délicieux à se conter
des nouvelles (Chose a été promu, tu sais ? Un tel a eu
la médaille, etc.) et à pronostiquer le prochain mouvement. Au bout d'une heure, deux heures, la troupe rées-
calade allégrement la montagne et bientôt se disloque
dans toutes les directions, chacun prenant le chemin de
son village. Et les jours suivants, l'école paraît moins
froide, la leçon moins aride.

Mais, du temps que j'étais écolier, personne n'eût osé
commettre de pareilles incartades. Les inspecteurs,
sages et graves, s'en tenaient à la loi qui ne prévoit

1. Gros fromage du Cantal pesant 50 kilogr. et plus.

point l'école buissonnière. Et d'ailleurs, avait-on seulement le temps d'aller voir pousser l'herbe !

Cette année-là, le printemps fut splendide. Tous les matins, je partais de bonne heure pour avoir le temps de rôder un peu le long des ruisseaux et dans les « bartes[1] ». Un églantier, sur un vieux mur moussu, m'arrêtait au passage. Je l'avais vu naguère tout blanc de givre, chargé de glaçons, mourant sous la neige ; c'était plaisir de le voir renaître à la vie. Comme lui, je me sentais revenir à la pleine santé, à mon ancienne vigueur ; un sang plus chaud circulait dans mes veines, je nageais dans la joie. Mais, au seuil de l'école, l'enchantement s'évanouissait. C'était la cage, avec ses ennuis, ses contraintes, d'autant plus sombre qu'elle se vidait peu à peu, tous mes camarades « quittant » l'un après l'autre pour aller garder. Seuls, les candidats aux examens restaient là, à faire dictées sur dictées, à réciter, à répéter sans trêve. Moi, je ne pouvais rien faire. Accoudé sur la table, je regardais par la fenêtre.

« Non, ce n'est pas possible, me disais-je, je ne puis pas rester plus longtemps ici. »

Un soir, j'informai grand'mère de mon désir de quitter l'école. Comme je le redoutais, je fus mal reçu. Ah bien, non, par exemple ! C'était trop fort ! On faisait des sacrifices pour me tenir en classe ! et je voulais « quitter » ! J'avais trop visiblement tort pour insister, et le lendemain, maussade et bourru, je retournai en classe. Mais l'ennui me reprit. Je ne pouvais ouvrir un livre ; les leçons, les devoirs, tout m'exaspérait. Je revins à la charge.

« Je veux quitter, là ! »

1. Taillis.

— Au fait, dit ma grand'mère, si nous lui laissions manger un peu de vache enragée... »

C'était tout ce que je demandais !

« Entendu. Tu iras garder chez ton oncle, qui a besoin d'un pâtre. »

Je courus chercher mes livres à l'école, d'où je m'enfuis comme un voleur, et je dis adieu pour toujours au rêve que j'avais fait de « prendre un état ».

Je ferais maintenant comme mes camarades, comme mon brave paysan de père. Laboureur ou vacher, je cultiverais la terre, ou bien, plus tard, quand je serais grand, j'irais à Paris, comme mes oncles, comme tant d'autres qui ont fait fortune.

# RÉCIT D'UN PATRE DU CANTAL

Mon oncle Francillon « faisait » alors une ferme d'une trentaine de vaches, à Selins, petit village de cinq ou six chaumières, sur le flanc de la montagne.

J'entrai chez lui comme « bouirou », — petit bouvier. J'avais la garde de tout ce qui restait en bas : quatre vaches, six bêtes de labour, cinq bourrets ou jeunes bœufs dont un donnait des coups de corne, — on prenait soin de m'en avertir, — quatre veaux, la jument Café, trop jeune encore pour être montée, une vieille bique estropiée, maligne comme tous les diables, et une douzaine de moutons gras. Je devais traire les quatre vaches et la chèvre, planter les pieux auxquels on les attache la nuit, museler les veaux, déplacer chaque soir le parc des moutons, clore, parquer et soigner toutes mes bêtes, et, le reste du temps, travailler avec les hommes. Il m'était défendu de quitter un seul instant mon troupeau, sauf pour aller à la messe basse le dimanche; mais cela valait bien mieux, n'est-il pas vrai, que de résoudre des problèmes ou d'étudier tout le jour un tas de fariboles dans une salle close. Ouf! Quelle existence! Il ne fallait plus qu'on m'en parlât. Non, décidément, je ne serais pas instituteur.

Donc, prenant le sac d'effets que m'avait préparé ma mère vieille, je me rendis allégrement chez mon oncle. Depuis longtemps, je connaissais l'endroit. J'y avais passé des vacances; je savais le nom des champs, des pâturages, de toutes les vaches, et j'étais, sans me flatter, le meilleur ami du chien : c'était moi qui, à sa naissance, l'avais choisi entre les six chiots sortis de sa mère et l'avais baptisé Flambo.

Il ne me fut pas difficile de m'accoutumer à la ferme. Si parfois il m'arrive de dire que j'y ai mangé de la vache enragée, cela ne signifie pas que j'y fus très malheureux, mais simplement que j'y appris de quoi il retourne dans le métier de pâtre. Du reste mon oncle était très bon pour moi, et j'ai conservé de lui le meilleur souvenir, à preuve qu'aujourd'hui, ayant émigré dans l'Ouest, je lui envoie chaque année une oie bien grasse, une oie du Maine, pour la Noël.

Tout le monde me fit un accueil charmant, ma tante, le vacher, les bouviers, l'autre pâtre, Jeanpetit — celui de la montagne — et Flambo, qui me sauta au cou.

« Imaginez-vous, leur dit mon oncle, que ce Nicodème aime mieux venir ici garder les moutons que d'aller en classe !

— Tu es las de bien vivre, petit ! dit un bouvier. Je te donne quinze jours pour t'enfuir.

— Pas de danger ! » m'écriai-je.

Plus d'école et un temps superbe ! Je sautais de joie.

« Tu garderas le petit bétail jusqu'à ce que nous montions, me dit mon oncle, et tu le mèneras dans les communaux, au dessus du bois d'Onet, là-haut sur la montagne, pour ramasser les premières herbes. »

Ce fut là mon travail pendant trois semaines. Je n'ai jamais été plus heureux. Je partais le matin avec le soleil, mon troupeau devant. La montée était raide, mais on n'allait pas vite, et d'ailleurs, arrivé dans les

bruyères, je m'arrêtais pour laisser reposer mes bêtes.
Quand elles avaient soufflé, je repartais, épiant si quelque
pâtre des hameaux voisins ne « gagnait[1] » pas lui aussi
sur la montagne. Nous étions d'ordinaire trois ou quatre
de Rochemonteix, de Selins ou d'Alberoche qui nous
trouvions là-haut tous les jours avec notre troupeau. Devant nous s'étendaient à l'infini des pacages gazonnés
d'herbe fine. Et l'on pouvait s'amuser, dormir, ou s'é-
loigner sans crainte. Laissant nos bêtes sous la garde
des chiens, nous escaladions les pics chauves, ravinés
par l'hiver, et, du sommet, nous faisions rouler dans les
précipices des quartiers de roche qui décapitaient les
arbres, ou bien nous allions loin dans les bois, couper
de minces baguettes de coudrier pour faire des moulins que nous posions sur les torrents et qui tournaient
nuit et jour. Souvent nous dévalions du côté de Rivié-
rolles, où se trouvaient d'autres pâtres, et nous nous
mesurions avec eux sur le gazon. On s'empoignait à
bras-le-corps et on luttait durant des heures, puis on
s'en revenait crottés jusqu'au cou, les habits déchirés,
rossés quelquefois et couverts d'égratignures.

Pas une gorge, pas une cascade, pas un gouffre que
nous n'eussions explorés. Les lacs aussi nous attiraient
avec leurs eaux transparentes comme l'air, leurs sur-
faces polies comme l'acier. Toutefois, nous n'osions
troubler leur silence ni leur jeter des pierres de peur de
les fâcher, de peur d'irriter aussi les « sucs[2] » qui y
trempaient leurs pieds. On les disait de connivence. L'été,
si le soleil menaçait de dessécher un lac ou si quelque
paysan essayait de le tarir pour agrandir sa terre, on

1. Gagner : mener paître.
2. Les puys.

entendait tout à coup un grand cri sortir du fond de ses
eaux. Alors les pics faisaient éclater sur lui un orage
qui le remplissait jusqu'aux bords. Il arrivait pourtant
que les sucs, pour des raisons mystérieuses, ne voulussent pas entendre l'appel de détresse. Les lacs alors
s'appelaient et se secouraient entre eux :

O lac de Minit, — Sicourès lou lac dir Fayit
Qui lou bogou faïri tari !

« O lac de Menet, — Secourez le lac du Fayet — Qu'on
veut faire tarir ! »

Et, sur-le-champ, on voyait l'eau sourdre du fond de
la cuve de pierre et le niveau du lac s'élever.

Tant de vachers s'y étaient engloutis, tant de pâtres
ou de passants égarés, les nuits brumeuses ! Nous ne
voulions pas inquiéter leurs âmes. Nous préférions descendre dans les coulées et les ravins où se trouvaient
encore d'immenses « congères » de neige tassée, durcie,
lente à fondre. Nous choisissions une pierre large et
plate et, nous asseyant dessus, nous nous laissions glisser jusqu'au bas des pentes. Quelques-uns d'entre nous,
dans leurs troupeaux, avaient des ânes. Nous fixions un
but, et, enfourchant nos montures, nous les laissions
courir jusqu'à bout de souffle. Souvent, dégringolant
dans les fondrières, nous nous tordions le cou, nous
nous écorchions les hanches, mais que nous importait !
Nous prenions garde seulement de ne pas être vus d'en
bas par nos maîtres.

Vers midi, chacun de nous prenait son sac et en tirait
son dîner : un croûton de pain de seigle couleur de
terre, si sec et si dur qu'il déchirait les gencives, un
morceau de fromage écrémé. Pour boisson nous avions

l'eau claire des sources. Moi, j'étais un peu gâté. On
m'envoyait chaque jour, à mi-chemin, un plein seau de
soupe, trois bonnes écuelles, au moins. Je descendais
avec mon chien à la rencontre de la servante, et je dévo-
rais ma soupe trempée avec du pain très noir, trop levé
ou mal cuit, mais confite, mitonnée, délicieuse, tandis
que Flambo, assis sur son derrière, suivait de l'œil tous
les mouvements de la cuiller. Je lui laissais sa part, une
part honnête qu'il lapait en un tour de langue et dont
il ne finissait pas de se lécher les babines. Une heure
après, juste le temps de remonter, j'aurais bien mangé
une autre soupe, tant l'air de la montagne vous creuse.
Mais la faim nous rendait ingénieux. Avant de partir, le
matin, chacun de nous avait pris en cachette quelques
pommes de terre dans le cellier ; les plus rusés avaient
fait le tour des crèches et « curé » les nids des poules.
Nous allumions du feu derrière quelque roche, et nous
nous régalions de nos pommes de terre toutes brûlan-
tes, tandis que les chiens happaient au vol les pelures.
Nous les trouvions exquises, nos « truffoles ». Ah ! qu'on
était heureux ! Et pas un jour de pluie ! Pas une gibou-
lée ! Un printemps éblouissant qui faisait délirer tous les
merles ! Certes non, je ne regrettais pas l'école avec sa
cloche, ses retenues, ses « lignes », avec sa cour grande
comme un mouchoir de poche !

Le soir, quand le soleil baissait à l'horizon, et que la
montagne projetait sur la vallée l'ombre de son profil
de scie, nous dévalions chacun avec nos bêtes vers les
étables. Ordinairement, nous étions les derniers de la
ferme à rentrer. Quel plaisir alors de se joindre à toute
la maisonnée joyeuse et vivante autour du grand feu de
hêtre et d'écouter les nouvelles : la truie du voisin qui

avait mangé ses petits; la vache Parise qui avait vêlé;
le métayer du Chalit qui avait « mis la clef sous la
porte ».

*<br>* *

Sur la grande table de chêne, épaisse de trois doigts,
la servante a posé, non sans peine, — deux chargeraient
un âne, — une tourte de pain de seigle couleur de bri-
que. Chacun se lève et vient prendre place sur les bancs
trapus taillés à la hache dans un quartier de frêne. Saisissant la tourte, le maître bouvier l'assujettit fortement, d'un coup de genou, entre le tiroir et la table,
comme dans un étau, ouvre son grand couteau de Tulle,
fait la croix sur chaque face et, raou, raou, en lève de
larges tranches qu'il nous jette. Du pain, chacun en
prend tant qu'il en veut, le découpe en petits cubes dans
sa grande écuelle de terre, le presse de la main pour en
faire entrer davantage et en mange, en même temps,
très vite, de grosses bouchées. L'une après l'autre, la
servante trempe les soupes, celle des pâtres la dernière.
Nous l'avalons bouillante en soufflant dessus, et dès que
nous avons fini, nous tendons de nouveau notre écuelle,
aussitôt remplie de « mergue di primo », du petit-lait de
printemps, clair comme l'eau. Presque tous, insatiables,
la bourrent de pain. Quand ils ont fini, ils en redeman-
dent encore.

Menu simple et frugal, dont aucun de ceux qui étaient
là ne se plaignait pourtant et qui ne les empêchait pas,
disaient-ils, d'avoir « la nuque large et les poignets

carrés ». C'est qu'il ne fallait pas tout manger non plus, si l'on voulait « se faire honneur » et payer la ferme. On était dans de mauvaises années, en pleine crise agricole, et l'on donnait pour vingt écus des bouvillons qui auraient mené l'araire. De l'avis de tous, nous étions mieux nourris que beaucoup d'autres. Et Marcou le di-

Intérieur auvergnat.

sait volontiers, le valet, qui avait servi dans plus de dix maisons :

« Il est bon, au moins, le pain, ici ! Ce n'est pas comme à Peyrecombe, où l'on ne trie pas le son de la farine, où l'on fait exprès de mal cuire le pain pour qu'il ne s'en mange pas tant. J'ai vu, moi qui vous parle, les bouviers crier la faim et tomber d'inanition dans les fossés.

— Ça me rappelle, ajoutait un autre, que lorsque M. de Préborné eut fait le vœu d'envoyer tous les ans cinquante pistoles au Pape et qu'il augmenta la ferme de ladite somme, le métayer, qui ne pouvait joindre les deux bouts, ne nous nourrissait plus que de « pountars[1] » de farine et d'eau. Il nous mesurait le mergue, ce qu'il ne faisait pas aux porcs, millodiou !

— C'est comme à Graule, reprenait la servante, où le maître achète les porcs ladres et le fromage gâté pour ses domestiques aux temps de la fenaison.

— Heu ! maquaréou ! grommelait du haut de la table le vieux Caraud, le vacher, qui avait vu trois disettes, le monde est gourmand, au jour d'aujourd'hui. Autrefois, enfants, les années de famine, nous travaillions plus que vous encore, et nous ne mangions que du pain d'orge et d'avoine dont on se gardait bien d'ôter le son, au point que, parlant par respect, vous n'auriez pas connu un « estroun » d'homme d'une crotte de jument. Ah ! comme nous les aurions mangés, les pountars et le fromage gâté qui vous fait faire la grimace ! Bougres de gourmands ! Tout fait ventre pourvu que tout y entre. »

Devant cette apostrophe lancée d'une voix rude et rauque, chacun se taisait. On craignait tant les sarcasmes du terrible vacher !

Oui, certes ! Il ne fallait pas se plaindre ; on était bien nourri chez mon oncle. A midi, au moins, on nous donnait du lait non écrémé, du fromage de nos propres vaches ou des « cabicous » de la bique, et, deux fois la semaine, une tranche de lard de nos porcs, qui n'étaient pas ladres.

*<br>* *

On approchait de Pâques, qui tombait très tard cette année-là. Dès que nous avions soupé, les deux bouviers,

---

1. Pâté fait de farine et d'eau — et de lardons.

l'autre pâtre, Jeanpetit, et moi, au lieu d'aller nous coucher, nous partions, selon l'usage, pour la tournée des « réveillers ». Nous nous en allions tous quatre dans la nuit, un bâton à la main, munis d'un cabas garni de foin. On prenait le chemin du prochain village et on s'arrêtait à la première maison. Avec sa grande gaule, Marcou rayait brusquement d'une croix la porte verrouillée, pour donner l'éveil aux gens endormis. Aussitôt nous entonnions le « réveiller » à l'unisson, les deux bouviers couvrant de leurs grosses voix d'hommes celle de Jeanpetit et la mienne, quasi enfantines :

> Réveillez-vous, mes bons amis,
> Souvenez-vous qu'il est promis
> D'avoir le repos éternel...

C'étaient de très vieux airs plaintifs, venus on ne sait d'où, qui exprimaient à la fois la douleur et l'espérance :

> Le paradis était fermé,
> Personne n'y pouvait entrer.
> Mortelle pomme
> Pour l'homme !
> Malheureuse femme
> Pour nous !
> Cacaillou !

Cacaillou ! Cacaillou ! Par ce cri bizarre se terminent tous les « réveillers ». C'est un appel à la générosité de la maison, à laquelle il semble dire : « Donnez-nous un œuf ou plutôt deux, ou bien un sou. Nous vous avons chanté les « Rameaux », vous ferez mieux vos Pâques et vous serez sauvés. Cela vaut bien quelque chose. » Alors nous entendions quelqu'un sortir des lits clos, des sabots claquer sur le pisé, le cellier s'ouvrir. Enfin la porte s'entre-bâillait, et une main nous faisait passer un, deux, jusqu'à trois œufs que nous déposions doucement dans le cabas tandis que la porte se reverrouillait. Et nous repartions.

Mais voici qu'à l'autre bout du hameau un autre « réveiller » s'élève :

Venez apprendre un miracle, petits et grands,
Arrivé dans un village, n'y a pas longtemps,
Trois jeunes demoiselles, mises au tombeau...

C'est une autre bande de rustiques chanteurs. Nous reconnaissons Michelou, de la Buge, dont toute la paroisse vous dira qu'il chante comme un orgue. Avec lui, Mâble, de Chavaroche, le cabrettaïre aimé du pays, si populaire qu'on se le dispute pour les noces et les fêtes des moissons, et dont la figure, épanouie sous le large chapeau bourru, éveille chez tous des souvenirs réjouissants. Bien connue aussi sa vieille cabrette au velours râpé, archivieille, mais nullement miauleuse, et si sonore qu'on l'ouït du pont de la Roche au pont du Chambon. Elle lui vient de ses ancêtres, tous cabrettaïres, de père en fils. Elle a fait danser nos grands-pères, elle a marié nos aïeules, qui s'attendrissent et sourient en écoutant quelqu'un de ces très vieux airs dont elle est gonflée. Nous faisons halte pour mieux entendre :

Éternité ! Éternité !
Tu me fais peur, en vérité !
Lorsque je pense à ce jamais,
Je ne sais plus ce que je fais !

Ah! ce Mâble, tout de même, comme il la « démène, » la cabrette!

Adieu! bonsoir, mes bons amis!
Travaillons pour le paradis!
Cacaillou!

« Cacaillou ! » soupire la cabrette.

Ceux-là sans doute vont faire bonne quête ! Ils ont deux
cabas. C'est par demi-douzaines qu'on leur donne des
œufs. Demain ils en auront un « double[1] ».

Au loin, par delà les cascades, sur l'autre versant de
la vallée, dans la nuit calme, d'autres « réveillers »
chantent la Passion :

> La passion de Jésus-Christ,
> La voulez-vous entendre ?
> Qui l'entendra,
> Qni la dira,
> Gagnera une indulgence...

Ils ne rentreront, nous ne rentrerons guère à la ferme
avant minuit, et à peine aurons-nous fermé les yeux qu'il
faudra se lever.

\* \*
\*

Peu à peu, la fin mai arrive. Dans les prés l'herbe est
haute, et le bétail qu'on y lâche, ne pouvant la manger toute, la foule, la pétrit. Il faut se hâter de « mon-
ter » si l'on veut avoir du foin : *Pra disapprima is mita
fina*. Pré qui a perdu sa primeur est à demi fané.

Ce départ des vaches pour les hauts pacages, c'est
tout un événement. On est si accoutumé à leur présence, à leurs bramades, aux allées et venues du vacher,
du pâtre, toute la ferme en est si vivante qu'on redoute
un peu le vide qui va se produire. Et l'on se sent vague-
ment ému, comme à la veille d'une solennité. Néanmoins,
on est distrait par les préparatifs. La sortie n'aura lieu
que demain. Aujourd'hui, nous plaçons sur les chars les

1. Un double décalitre.

claies du parc qui doit s'en aller le premier, avant l'aube.
Nous tirons des coffres où elles reposent depuis l'automne les « ischinlos » ou sonnettes. Il y en a de toutes
formes et de toutes tailles. Les unes, semblables à des
sonnettes d'église, ont le timbre d'argent; les autres,
à forme conique, rendent un son plus sourd; d'autres,
renflées au centre, rétrécies à l'embouchure, caverneu-
ses, rauques et chevrotantes, ressemblent à de grands
grelots. C'est le vacher qui les attribue, car seul il pos-
sède assez bien le caractère des bêtes, leurs passions,
leurs vices. A la Fromente, la plus gourmande et la plus
rusée, qui se dérobe au pas de course et descend à travers bois pour atteindre un champ d'avoine qu'elle est
seule à connaître, il attache une grosse sonnaille qui
trahira sa fuite. A la Rouge qui s'en va chaque soir, à
la nuit tombante, flairer les flaques de sang, gratter la
terre et « gaïler », avec un meuglement plaintif, dans la
crevasse où l'on enfouit les bêtes mortes, il donne une
grande sonnette qui s'entend de très loin. Les visites au
cimetière du bétail, où la Rouge paraît s'abîmer dans
la douleur, ont pour cette vache un attrait invincible,
mystérieux; elles pourraient lui être funestes. Au cou
de la « Frisado », il suspend un grelot... Les autres
n'en ont pas besoin. Ce sont des bêtes paisibles; elles
ne s'écartent jamais. On dépêche vers le bourg la servante qui s'en va quérir le cierge bénit pour les orages,
tandis que Jeanpetit et moi, nous allons dans les villages
voisins prévenir les pauvres.

Le lendemain, bien avant l'aube, tout le monde est
debout. Le parc expédié, on charge le lit des « montagnards », qui se compose d'une mauvaise paillasse de
feuilles, d'une botte de paille et d'une couverture d'étoffe

grossière, avec deux tourtes de pain, les « archons » ou petites arches servant de malles aux vachers, et enfin tout le matériel employé pour la fabrication du fromage.

Bientôt le vacher et Jeanpetit apportent la « gerle », une cuve cylindrique en bois. Ils la déposent au milieu de la maison. Une douzaine de pauvres sont là, debout derrière la porte ou rencognés dans les angles, de peur d'embarrasser — vieilles femmes cassées par l'âge, le buste penché sur leurs bâtons, estropiats venus clopin-clopant, sœurs mendiantes, et quelques enfants dont les parents sont allés eux-mêmes quémander ailleurs, dans une autre

Le vieux Caraud.

ferme. A tous on remplit les seaux jusqu'au bord, et ils s'en vont en disant : « Grand merci ! »

Bientôt tout est en branle dans l'étable. Devant leurs crèches, les vaches, les vieilles surtout, qui depuis quelques jours sentaient le départ et « bramaient la montagne », tirent sur le licol, impatientes. « Ouollou ! Ouollou ! » s'écrie le vacher. « Ouollou ! » glapit Jeanpetit. C'est un bruit étourdissant de chaînes qui tombent, de clochettes qui tintent, de portes qui s'ouvrent et qui battent. « Ouollou ! Ouollou ! » répète le pâtre, prenant la

tête et marchant devant le troupeau. « Ouollou! Ouollou! » Vaches, veaux, chars, tout part dans un tumulte
réjouissant. Derrière, fermant la marche, vient le vacher,
le vieux Caraud, les pieds nus dans ses grands sabots
enduits de bouse et d'où s'échappent des brins de paille,
des mèches de foin. Ses braies retroussées laissent voir
les jarrets velus et massifs, les fortes chevilles. Sur ses
habits « couleur de la bête », il a ceint un grand tablier
de cuir fait de la peau entière d'un mouton. Dans sa
main, il tient un gros bâton attaché par une courroie
à son poignet robuste, un pied d'alisier dressé au four,
autour duquel il a patiemment creusé des spirales. A
chaque nœud, il a sculpté une figurine, sur le manche
une tête de porc, et à l'extrémité un sabot de vache. Il
s'en va, droit et ferme, râblé comme un taureau de
Salers — épaules arrondies, aux muscles saillants, col
trapu — dominant tout de sa haute taille. Un vrai loup
de montagne avec sa casquette en peau de chien, ses
oreilles poilues, ses longs cheveux grisonnants, son
nez renflé coupé d'une balafre, sa large face basanée,
plantée de crins sauvages. De ses yeux, restés clairs
et limpides, il regarde là-haut vers les sucs :

« Ouollou! Ouollou! » hurle-t-il en arrondissant sa
large gueule. C'est la cinquantième, maquaréou! »

Et il se redresse fièrement.

Oui, ça le connaît, la montagne. Il méprise les vul-
gaires travaux de la ferme, le labour, la fenaison,
le battage en grange, la vie plate des bouviers. Lui, il
est d'une condition plus noble, il est vacher. Dans son
buron perché comme un nid d'aigle quelque part, là-haut,
sur les cimes, dans son parc, dans sa cave, il est son
maître. « Ouollou! Ouollou! » A l'orée du village, on fait

une halte pendant que Jeanpetit court « sonner » la Moûme, une vieille recluse à qui chaque maison, à tour de rôle, porte une écuellée de soupe et qui a « bonne main ». On lui passe le rameau de buis, l'eau bénite. Du seuil de sa hutte, elle étend sa main sur le bétail, murmure quel-

La montée des vaches.

ques vagues paroles, et l'on s'engage dans les sentiers qui montent. Toute la ferme accompagne les monta-gnards. Seul, je reste au village, pour garder mon trou-peau. Je ne suis que le pâtre d'en bas, le « bouirou », mais cela vaut mieux pour moi, dit-on, ce sera moins pénible.

Maintenant que les montagnards sont partis, c'est la saison des durs travaux qui commence pour nous autres. L'aube blanchit à peine la petite croisée de la maison ; il n'est pas quatre heures.

« Hé, garçons, debout ! debout ! » s'écrie mon oncle déjà levé.

Sans maugréer, nous sautons des lits-armoires, nous cherchons à tâtons, dans l'obscurité, nos habits jetés pêle-mêle, le soir, sur les maies. Deux minutes suffisent pour nous vêtir. C'est bon pour les « moussurs », la toilette ! Ceux qui se débarbouillent ne se débarbouillent que le dimanche. Tout au plus, les autres jours, encore pleins de sommeil, se frotteront-ils les yeux avec un peu d'eau fraîche, au passage d'un ruisseau, pour achever de se réveiller.

Les hommes s'en vont labourer dans le crépuscule du matin, l'aiguillon et le joug sur l'épaule. Moi, ma besogne m'appelle à l'étable. Je suspends à ma ceinture la corne remplie de sel, je décroche un seau et je pars pour aller traire la bique et les quatre vaches restantes. Le travail n'est ni pénible ni long, car je ne « tire » à chacune des vaches que deux mamelles ; les deux autres sont la part du veau. Mais, avant de rapporter le lait, il faut que j'aille dire bonjour, dans une autre crèche de l'étable, à une agnelle que j'aime. C'est une jolie créature. Je la trouve enfouie dans sa moelleuse fourrure noire, marquée au front d'une étoile blanche que l'on distingue dans l'ombre au-dessus de deux petits yeux

très doux dont je suis pénétré jusqu'à l'âme. Sa mère
est morte en la mettant au monde. Depuis un mois on la
nourrit au lait. « Si tu la sauves, m'a dit mon oncle, elle
sera tienne ; tu pourras la vendre à l'automne. » Ah ! je
crois bien que je la sauverai ! Quant à la vendre, je n'y
pense guère. Je la tire doucement de son nid de paille, je
la prends sur mes genoux et je lui mets dans la bouche
le bec d'une petite tasse pleine de lait, comme on ferait à
un nourrisson. C'est un plaisir de la voir teter son bibe-
ron, le secouer en hochant la tête et en frétillant de la
queue. Elle me suit jusqu'à la maison, le nez tout blanc
de mousse laiteuse, cabriole çà et là pendant que je
mange, furette dans tous les coins, trempe son museau
dans les marmites et taquine Flambo.

Mais Flambo n'est pas d'humeur à jouer, car il a faim.
Je ramasse au fond du tiroir les vieilles croûtes de pain
moisi, j'en remplis son écuelle de pierre, j'y verse une
louchée de soupe, puis une louchée d'eau fraîche pour
qu'il ne devienne pas enragé, comme cela arrive aux
chiens qui mangent trop chaud, et, dès qu'il a fini, nous
partons ensemble, Flambo, l'agnelle et moi, nous allons
« allander les bêtes ».

Malheureusement, je n'ai plus pour pacage, comme
autrefois, la bruyère immense, les bois profonds, les
communaux que rien ne borne, où l'on ne fait jamais
dommage, mais un pâturage aux formes contournées,
avec des proéminences, des enfonçures enclavées au
milieu de trèfles tentants, de blés en fleur, de ravières
et d'avoines sans clôture. Impossible de folâtrer, de dormir, de s'écarter. Il faut se tenir constamment au-devant
du bétail, sur les limites, jouer du bâton, courir des
vaches qui aiment le fin gazon des pelouses, aux mou-

tons qui s'échappent dans les tertres, de la jument qui se tient toujours dans la « fumade[1] », à la bique qui taille des « canapés[2] » dans les fourrés. En même temps, il faut veiller aux jeunes veaux qui s'enfuient dans tous les sens, la queue en trompette, et surtout les empêcher de teter leurs mères. On m'avait muni pour cela de muselières garnies de piquants que je devais leur attacher sur le nez, mais je trouvais plus simple et plus efficace d'enduire de bouse fraîche les mamelles des vaches. C'est à peine s'il me restait le temps de déplacer le parc des moutons et d'enfoncer avec un lourd maillet de bois les quinze pieux auxquels j'attachais mes bêtes le soir.

Sauf en ce dernier travail, Flambo m'aidait de son mieux. Voyait-il un mouton s'écarter et se faufiler dans le pré voisin ? Il le suivait de l'œil, et au moindre signe de ma part, il fonçait sur lui, car Flambo n'était pas de ces chiens sans initiative dont il faut guider chaque pas en multipliant les ordres, les contre-ordres, les arrêts, les criailleries. Pour un peu, il aurait gardé tout seul. Et puis, juste, équitable pour les délinquants, sans pitié pour la chèvre incorrigible, pour les bourrets récidivistes, il était doux, indulgent, paternel avec les jeunes veaux et les petits agneaux. Néanmoins il avait fort à faire, le matin surtout, lorsque le troupeau affamé galope, se presse, envahit tout. Ces bêtes restées en bas étaient gourmandes. Accoutumées à l'herbe fine, aux trèfles sauvages, aux pissenlits savoureux, elles faisaient la grimace devant le gazon foulé et n'avaient

---

1. Partie réservée du pacage où l'herbe est plus drue grâce aux fumures.
2. Jeunes hêtres buissonnants, tondus par la dent des bestiaux et qui semblent taillés comme des ifs.

garde de toucher à la ciguë, aux herbes ligneuses, bien différentes des vaches de la montagne qui, habituées à la misère, mangent tout ce qui leur tombe sous la dent, l'automne, après la descente. Elles savaient trop, mes bêtes, qu'il y avait près d'elles, à portée de la langue, un champ de pois tendres, un blé noir en fleur, une ravière naissante, et ce voisinage tentateur achevait de leur faire trouver le pâturage insipide. On les voyait, la première fringale passée, renifler sur le gazon, choisir les touffes, choisir les herbes dans les touffes. Quant à la bique, elle ne se nourrissait que de friandises. Fi du gazon commun ! Il lui fallait la primeur des pelouses, l'herbe vierge qui pousse entre les cailloux, sous les buissons de la haie, les bourgeons des jeunes sapins, les premières feuilles de frêne qu'elle atteignait en se dressant contre les murs, malgré son pied bot et sa jambe torte. Enfin, complètement repue, elle voulait un dessert, et ce dessert, elle le trouvait dans la douceur du fruit défendu : jeunes choux, « couteaux » de fèves, oseille tendre et persil frisé. Elle ne pouvait boire qu'au cœur des sources.

Je vivais dans la crainte continuelle du garde champêtre de Saint-Hippolyte, — San-Chipogue en patois, — qui était bien, comme disait mon oncle, « le plus méchant bouledogue qu'il y eût sous la roue du soleil ». Il surgissait de partout avec son képi crasseux, sa trogne rouge, son mouchoir noué autour du cou et, sur sa blouse vernissée, sa plaque luisante et menaçante. Pour quelques épis arrachés, il courait avertir les propriétaires, qui ne nous faisaient pas toujours dresser procès-verbal, mais qui nous condamnaient chaque fois à lui donner vingt sous afin de récompenser sa vigilance. Nous étions

brouillés avec nos plus proches voisins, ceux dont toutes
les terres touchaient aux nôtres. C'était venu de leurs
oies. Les oies, comme chacun sait, empoisonnent l'herbe
avec leur fiente. Fort nombreuses, elles avaient, malgré
leur air grave et honnête, la manie de venir paître chez
nous. Mon oncle finit par montrer les dents. Elles conti-
nuèrent. A la fin, je leur dépêchai Flambo, qui en étrangla
une. Et ce fut le commencement d'une guerre acharnée.
Notre jument, dans ses courses, avait-elle envahi leurs
prés, notre chèvre avait-elle écorné un chou? Houp!
le garde de San-Chipogue sortait de derrière un tertre :

« Petit! A qui cette bique-là ? »

Il le savait bien, le brigand!

« Tu ne gardes pas tes bêtes. Dieu me damne! Tu
auras un « procéberbal! »

Quelques jours après, il déposait à la maison une
feuille de « papier marqué » où il expliquait — en français — que « la chèbre du sieure Francillon avait ranqué
la pari et affrabé l'hort », c'est-à-dire sauté le mur et
saccagé le jardin.

De notre côté, dès qu'un porc de nos voisins mettait
le nez chez nous, vite nous hélions des témoins, car de
garde champêtre il n'y en avait jamais quand nous souf-
frions quelque dommage. Si nous lui en faisions la re-
marque, il répondait « qu'il n'avait pas que nous autres
à garder, millodiou » ! Cependant, à la minute même, si
une de nos bêtes était sortie de nos terres, aussitôt
l'homme de San-Chipogue, plus leste que Tintiroulit, le
chevrier fantôme qui, en neuf minutes, chevauchant
son bouc Margoret, fait le tour de la vallée, n'aurait
pas manqué de s'abattre sur elle comme un loup et de
la suivre à la trace, en fignolant son « procéberbal ».

Mais si nous ne rendions à nos adversaires qu'un procès sur deux, nous nous rattrapions en étendant leurs poules raides mortes, d'un coup de trique, quand elles s'aventuraient chez nous. Ils avaient ainsi, par nos soins, la poule au pot tous les dimanches, quelquefois tous les jours. Car nous laissions sur place les bêtes tuées, comme le veut la loi. Nous n'ignorions pas ce point de droit rural, et nous n'allions pas nous mettre dans de mauvais draps en nous appropriant les victimes.

Or, après la volaille, c'étaient nous autres pâtres — celui des voisins et moi-même — qui pâtissions le plus de cette guerre. Pas moyen de nous réunir pour jouer : on nous grondait lorsqu'on nous voyait ensemble. A notre tour, nous finîmes par nous brouiller, nous injurier et nous battre.

Aussi n'était-ce pas sans impatience que j'épiais l'instant où le soleil marquait dix heures — l'heure d'aller clore — sur la face noire du roc du Cuz qui servait de cadran solaire à tous les bergers. J'enfermais alors mon troupeau et je rentrais au village, suivi de Flambo et de mon agnelle, qui, ainsi qu'un second chien, ne me quittait pas d'une ligne. Après le dîner on m'envoyait porter la soupe à la Moûme. Je trouvais la vieille recluse dans sa misérable cabane crépie de bouse de vache en guise de mortier, assise sur le billot de hêtre qui lui servait de chaise, égrenant son chapelet, la tête branlante sur son cou grêle, la goutte au nez, la face gravée de rides profondes où s'était amassée la poussière. Je lui tendais l'écuelle du plus loin possible. Elle la posait sur son giron, l'entourait de ses mains noueuses et goulûment, bruyamment, avalait la pitance en léchant et reléchant le fond, les bords et la cuiller. Je repartais

chaque fois le cœur serré par sa pitoyable infortune,
effrayé aussi par le mystère qui l'entourait.

Je flânais ou je bricolais jusqu'à quatre heures. Je
fendais du bois pour la cuisine ; je sarclais l' « hort »,
j'épluchais des pommes de terre ou je portais à manger
aux porcs. Souvent aussi mon oncle, sa tabatière vide,
m'envoyait au bourg acheter pour deux sous de tabac à
« chiner ». J'y allais, toujours avec mon agnelle, qui me
rappelait Robin-Mouton, et Flambo, que je plongeais
dans un gouffre en passant la rivière, afin de noyer ses
puces. L'amitié de Flambo pour l'agnelle n'avait fait
que grandir. Toute petite, il la poussait du nez lorsqu'elle avait peine à suivre le troupeau. Maintenant il
se couchait à côté d'elle, léchait sa toison frisée, cro-
quait ses tiques, la peignait, la pouponnait, subitement
hérissé si quelque bélier se permettait de taquiner sa
compagne.

Sur les quatre heures, nous repartions tous les trois.
Mon premier soin, après la traite, était d'allaiter mon
agnelle. Depuis longtemps déjà on m'avait dit de cesser
de lui donner du lait, mais je continuais toujours, sans
qu'on le sût, à lui en verser une grande écuellée dans
une terrine. Même, un jour, elle m'amusa bien. La terrine s'étant brisée, je me trouvais embarrassé pour lui
donner à boire, lorsqu'une idée me vint. Je pris un de
mes sabots, je le remplis de lait et le lui présentai. Elle
y trempa le nez, mais le retira bien vite comme si elle
l'eût plongé dans du purin, et s'éloigna avec une moue
risible. Tant de délicatesse me charma, et je pensai que
mon agnelle était bien supérieure aux animaux de son
espèce qui se crottaient dans la bouse et léchaient les
murailles. J'appelai Flambo et lui tendis le sabot. Celui-

là aussi refusa le lait et s'éloigna tout penaud, mais pour d'autres motifs, car il semblait me dire :

« Tu fais cela pour m'attraper !.. Tu te moques ! Du lait pour moi, un chien ! Ce n'est pas ton habitude ! Il y a quelque chose là-dessous. »

Sa réserve ne m'étonna point. Plus d'une fois j'avais été frappé du bon sens de Flambo, de la juste notion qu'il avait des hommes et des bêtes. A table, je lui passais toujours quelque croûte trop brûlée ou moisie, mais quelquefois aussi, pour m'amuser, je prenais le chanteau tout entier et je faisais le geste de le lui donner. Il s'en allait, baissant la tête, mystifié, tout confus de mon espièglerie. De même, à la Saint-Jean, lorsque, avec les autres pâtres, nous faisions rouler, selon l'usage, des « cabicous » sur le gazon, il se gardait bien, lui qui aimait tant à rapporter les pierres, de courir après eux et d'en toucher un seul. Il avait conscience de sa condition d'animal et savait se tenir à distance respectueuse de son maître et des objets réservés à son usage.

Cependant le soir venait. Quand l'étoile du berger commençait à palpiter dans le ciel au-dessus du Puy du Vernet, je prenais mes bêtes par l'oreille l'une après l'autre, et j'allais les attacher chacune à son pieu. Le tour venu du jeune taureau qui « truquait », pour me garer de ses coups de corne, je priais Flambo de se tenir à côté de moi, et sa présence suffisait pour rendre l'animal docile. Cette opération terminée, j'enfermais dans l'étable la jument Café et la chèvre. Puis je descendais au village avec Flambo et l'agnelle, que je couchais douillettement dans une crèche remplie de paille.

⁎
⁎ ⁎

Quand le Puy Mary a son chapeau,
Dépêchons-nous de prendre le manteau.

Des nuées grises le coiffaient hier d'un gigantesque
tricorne. Ce matin, la pluie, fine et glacée, tombe,
tombe sans trêve. Pâtres et bouviers, qui allions pieds
nus, il nous faut reprendre nos sabots. Il faut reprendre
aussi le « saïle » de limousine, léger le matin quand il
est sec, mais qui s'alourdit d'heure en heure sous l'a-
verse. Rien n'est plus dur que d'aller ainsi, dès la fine
pointe du jour, dans les pacages mouillés où la pluie,
toujours froide dans la montagne, gonfle boutons d'or
et « grelots », remplit les fleurs comme des coupes, se
suspend en perles claires aux feuilles et aux brins
d'herbe, s'amasse dans les ramures et de partout vous
arrose. Le soir on rentre transi, morfondu, on soupe à
la hâte ; on suspend ses guenilles ruisselantes dans un
coin, pas trop loin du foyer, et l'on s'empresse de s'en-
fouir dans son lit de feuilles, où l'on s'endort sans avoir
besoin d'être bercé.

Ce qu'il y a de plus dur dans la vie du pâtre, tenu de
rester dehors par tous les temps, pendant des mois
entiers, c'est le souvenir, lorsque, rêvant tout éveillé,
debout derrière ses bêtes ou blotti sous une roche, il
revoit la maison chaude, le feu clair de l'âtre, « lou can-
tou », le coin du foyer où l'on s'acoquine aux mauvais
jours, les pieds sur les landiers, les mains tendues à la
flamme. Être dedans, à l'abri des averses, de la pluie,
du grésil, de l' « écir », — tourbillon de vent et de neige,

— c'est sans doute le plus grand des bonheurs ! Heureux celui qui n'a pas toujours le mauvais temps sur l'échine, traînant du matin au soir un « saïle » trempé comme une soupe, qui vous bat les jambes, — flic, flac, — et des « esclos » qui geignent, remplis d'eau qui gicle !

Si fort est ce besoin d'un abri, cet instinct du foyer,

Le Puy Mary, vu de Pierre-Arche.

que souvent deux ou trois pâtres se réunissent sur la limite commune de leurs pâturages. Ils choisissent un lieu bien abrité, au bas d'un tertre, y roulent de lourdes pierres et bâtissent une cabane. Ils bourrent de mousse les interstices, ils en tapissent tout l'intérieur de la hutte. Au faîte des murs, à hauteur d'homme, ils posent des branchages sur lesquels ils alignent de larges mottes de gazon qui forment la toiture. De loin on dirait un gros nid de grive. C'est là qu'ils se réunissent les jours de pluie et de froidure, et cette demeure ils la trouvent chaude, confortable et la chérissent. Et voici qu'elle leur rappelle l'humble maison de leurs parents qui n'est guère plus somptueuse, et le souvenir s'éveille en eux, bien doux cette fois, des longues veillées d'hiver, de la vie de famille dont ils sont depuis si longtemps privés. Ils se surprennent maintenant à désirer le retour de l'hiver; ils comptent les semaines qui les séparent du terme, de la Saint-Martin. Chez eux, au village, c'est l'indigence, presque la misère ; on y couche trois ou quatre sur la feuille, sans draps de lit; on n'y fait qu'un maigre feu de brindilles, de souches de vergne, de bois mort et pourri — « capi » — ramassé le long des torrents. N'importe, on y était heureux. Ils le pensent. Cependant, aux premiers jours d'avril, la nostalgie des pâturages, des bêtes et du grand air les reprendra.

En attendant, la sauvage cabane leur procure l'illusion d'un foyer. Pour achever de lui donner l'air d'une demeure, ils font dans un coin un feu de branches sèches auquel ils réchauffent leurs doigts engourdis. Ce feu plein de rêve, ils finissent par l'aimer jusqu'à la manie. Malgré la défense du maître, au risque d'incendier la forêt, même quand le temps est beau, ils ont la rage de l'allumer, pour le seul plaisir d'en voir la flamme.

\*
\* \*

Un dimanche de juillet, sur le coup de midi, Cuzol, le pâtre du Chambon, Toussaint, celui des Molles, et moi, nous nous trouvions rassemblés sous une haie qui bornait nos trois pâturages. Couchées à l'ombre de grands

arbres, nos bêtes sommeillaient. Que faire ? Allumons
du feu, pardine !

Bientôt, entre deux rocs, près d'un fourré de buissons, une grande flamme crépita. Nous nous couchâmes
sur l'herbe, tout à côté, et nous nous mîmes à jouer à
« pourra », jeu bizarre qui consiste à détacher du sol
avec un couteau, et sans respirer, la plus grande motte
possible de gazon.

Tout à coup, Toussaint, lâchant son couteau, se replia
dans un violent soubresaut et poussa un cri. Il avait
ouvert son pantalon, y plongeait la main, et voici qu'il en
tira une énorme vipère, sifflante et furieuse, qu'il jeta
vers nous, épouvanté. En un bond nous fûmes à dix pas,
tandis que la bête filait dans les buissons. A demi déshabil-
lé, Toussaint examinait sa piqûre. La vipère l'avait
mordu à la cuisse droite, au pli de l'aine. Il nous expli-
qua la chose :

« Attirée par le feu, elle a dû sortir des roches, entrer
par le bas de mes braies quand j'étais couché à plat, se
glisser le long de ma jambe et arriver jusqu'au ventre
comme pour s'y nicher. Alors, sentant quelque chose de
froid qui remuait, j'ai bougé, je l'ai serrée peut-être, et
elle m'a piqué, la garce ! Je me suis dévêtu lestement.
Je l'ai vue se tortiller sur mon ventre, elle cherchait à
me mordre encore. Je l'ai jetée où j'ai pu. L'avez-vous
vue, « aquil foutraou di bobo ! (ce monstre de vipère !)
M'o gaffa, la garço ! » (elle m'a mordu, la garce !).

Et il montrait le poing à la bête disparue.

Par bonheur, Flambo avait au cou une corde. Je la
pris, et avec Cuzol, tirant de toutes nos forces chacun
de notre côté, nous liâmes fortement la jambe de Toussaint au-dessus de la piqûre, mais non sans peine, le

ventre étant si proche. On voyait le venin s'étendre sous la peau qui se marbrait, et la jambe enfler à vue d'œil. Nous hissâmes notre malheureux compagnon sur la jument, et, saisissant la longe, je le menai au village. Personne! Tout le monde était à la messe! Il fallut aller au bourg, à une demi-lieue. Je repris la jument et pressai le pas. Nous traversâmes la rivière, où je jetai une poignée de sel à cause de la « marine » que Toussaint aurait pu « lever[1] », mais plus nous allions, plus il se plaignait :

« Marche doucement! Arrête! Arrête! »

Et, déboutonnant son pantalon, il me montrait sa jambe boursouflée dont la peau tendue bleuissait. La corde entrait dans les chairs.

« Courage! lui dis-je, nous sommes au Chemin de la Maladie! » On nommait ainsi depuis des siècles un sentier par lequel, au temps jadis, les lépreux des hameaux du « quartier bourru[2] » venaient chercher les provisions que les habitants du bourg leur tendaient, par-dessus la rivière, au bout d'une perche.

A force de temps et de haltes nous atteignîmes le bourg de Cheylade. On descendit Toussaint dans la boutique du forgeron Jean-Pierre, qui fit rougir au feu de sa forge une tige de fer et la lui plongea comme un couteau dans la cuisse. Quatre hommes tenaient le patient, et ils avaient fort à faire, car c'était un gaillard que mon compagnon. Il resta huit jours malade, buvant du lait, rien que du lait, — le mets préféré des vipères, — dans lequel

---

1. Vous « levez » la marine quand votre plaie s'envenime : accident auquel s'expose un blessé qui passe près d'une rivière ou d'un marais. Pour s'en préserver, il suffit, d'après une croyance populaire, d'y jeter une poignée de sel.

2. La partie élevée et à demi sauvage de la vallée.

on faisait bouillir, suivant la recommandation du forgeron, la « pierre du serpent », un caillou de la grosseur
d'un œuf dont la surface bigarrée présentait une ressem-
blance vraiment surprenante avec la peau d'un reptile. Il
boita pendant un mois, portant toujours dans sa poche
le précieux caillou, et longtemps, longtemps après, il se
plaignait, surtout les jours d'orage, de sentir encore la
piqûre de la bête et la brûlure du forgeron.

Depuis, on ne nous reprit jamais à faire du feu dans
les tertres et à nous coucher auprès. La peur des vipères
nous hantait. Auparavant, quand nous en trouvions quelqu'une étalée au soleil, au lieu de lui écraser promptement la tête, nous lui cassions seulement les reins et, lui
enfermant la queue dans un bâton fendu, planté en terre,
nous nous divertissions à la voir ainsi crucifiée la tête
en bas, sifflante et le cou gonflé de colère. Maintenant,
nous nous enfuyions quand nous en apercevions une.
Des histoires effrayantes, dont l'invraisemblance ne nous
choquait point, nous revenaient en mémoire : de pâtres
dormant la bouche ouverte, en plein champ, et dans le
ventre desquels des serpents vivants étaient entrés, ou
bien qui s'étaient réveillés avec un collier de vipères
autour du cou. Nous croyions à l'existence de serpents
mystérieux et terribles : l' « adeur » qui saisit sa queue
avec sa gueule, se courbe et se raidit en cerceau, puis
roule comme un cercle de barrique, plus rapide que le
vent, et d'un autre encore — j'ai perdu son nom — dont
l'odeur seule suffisait à faire « gaïler » et gonfler les
vaches.

*
* *

Depuis la montée des vaches, nous n'avions pas revu
en bas le vieux Caraud, ni Jeanpetit, mais nous savions,
par le bouvier qui leur portait le pain toutes les quinzai-
nes, que nos deux « montagnards » ne faisaient guère
bon ménage. Sans doute le vacher était bien, comme
disait la servante, un peu « rogne », se fâchant pour une
vache tetée, pour une bête entrée dans la fumade, et
dame! quand il hérissait sa crinière et faisait gronder le
tonnerre de sa voix, il vous donnait la chair de poule;
mais c'était un brave homme au fond et qui n'avait pas
tous les torts. Outre que Jeanpetit boudait des heures
entières pour un oui ou un non, il faut bien avouer qu'il
était musard et paresseux. Il lui arrivait, quand il n'était
pas de garde, de s'oublier à arracher de la réglisse, de
laisser passer l'heure de traire, et même, assez souvent,
il s'endormait en gardant. Ceci surtout était impardon-
nable. Le vieux Caraud se contentait d'ordinaire de le
réveiller en rugissant, de la crête du buron où il montait de temps à autre pour le tenir à l'œil. Quelquefois
cependant il l'avait vigoureusement « plumé ». Même,
un jour, à bout de patience, il le menaça de lui casser la
tête avec son sabot. Au lieu de s'amender, Jeanpetit se
blottissait dans un coin et marmonnait, ou bien, filant
sous bois, il ne revenait pas de la journée, ce qui obligeait Caraud à traire tout seul. Il fallait que cela finît.

Jeanpetit avait apprivoisé une pie qu'il aimait comme
ses yeux, une superbe pie avec une queue très longue,
mais la plus voleuse qu'il y eût dans nos bois, de l'Ache-

nal au creux de Mary. Clefs, ficelles, pointes, elle pillait
tout dans le buron, jusqu'à des torchons, ce qui faisait
dire au vacher que, quelque jour, cette sale bête lui vole-
rait la pierre du pressoir, laquelle pesait vingt quintaux.
Ne s'avisa-t-elle pas de décrocher de son clou le carré
d'étoffe qui servait de cravate à Caraud quand il descendait voir la Caraude à Lestreix ? Il était en train de manger sa soupe. Il se leva, furieux, et lui donna sur la tête
un coup de cuiller qui la refroidit net. Jeanpetit s'en alla,
pâle de colère. Le lendemain, ne le voyant pas revenir,
Caraud avertit mon oncle. Il avait besoin d'un pâtre.

« Veux-tu y aller ? me dit l'oncle. Ici, nous nous arran-
gerons comme nous pourrons.

— J'irai, pardine ! »

Il fallut partir aussitôt. Un moment j'eus gros cœur à
la pensée de quitter mon agnelle. Qu'allait-elle devenir ?
« Monté au ciel, ma pauvre, ton bol de lait frais deux
fois par jour ! » Mais je n'eus guère le temps d'y songer.
Déjà Caraud avait jeté sur son épaule le sac où je met-
tais mes habits.

« Allons, me dit-il, dégourdis-toi, si tu veux que nous
arrivions avant la nuit. »

Nous enfilâmes d'un pas leste un sentier tortueux qui
gravissait à pic la montagne en côtoyant des précipices.
A mesure que nous avancions, je voyais s'enfoncer les
villages, se rapetisser les chaumières, tandis que les sucs
grandissaient et devenaient énormes. Après une heure
de marche, j'aperçus à l'horizon une grosse taupinière,
quelque chose comme un toit de grange posé à terre.
C'était le « trat », le « masut », le buron, une hutte comme
il devait s'en bâtir à l'âge de pierre. La toiture, entière-
ment faite de mottes de gazon posées, l'herbe en dedans,

6

sur les chevrons, descendait d'un côté jusqu'au sol. De
l'autre, elle portait sur un mur de quatre pieds de haut
construit en prismes de basalte, liés çà et là d'un peu de
terre glaise. A l'une de ses extrémités, ce mur était percé

Le buron du vieux Caraud.

d'une ouverture barrée par une porte grossière. Caraud
prit sous une motte où elle était cachée une tige de fer
recourbée, introduisit cette clef dans un trou et fit glisser le verrou intérieur. Puis, se baissant, il entra. Je le
suivis dans cette sorte de souterrain où régnait une obscurité profonde. Qu'on se figure une cave au plafond bas.
De la voûte mi-sphérique dont la fumée a comme gou-
dronné de suie les grosses pierres luisantes, pendent des
gouttes d'eau noirâtre. Point de fenêtre. Cependant un
petit jet de lumière filtre par une lucarne d'un demi-pied
carré ménagée dans un mur de forteresse. Point de
vitre à cette lucarne. Une vague lueur glauque descend
par la cheminée et éclaire le foyer. On marche sur la

terre battue, défoncée et détrempée par endroits, où s'im-
priment les pieds d'éléphant de Caraud. Çà et là brillent
des flaques d'eau ou de petit-lait. Dans un
coin, je discerne une grande caisse, quatre
planches sommairement ajustées, où gisent
pêle-mêle une couverture roussâtre, des       La clef du buron.
draps poisseux et de la paille. C'est notre lit. En face
s'aligne une rangée de cuves remplies de petit-lait; tout
au fond se dresse un pressoir primitif, une lourde pierre
posée sur un échafaudage de plateaux qui grincent, craquent et bougent. Une petite porte s'ouvre dans un pan

Intérieur d'un buron.

de mur, surmontée d'une croix moulée avec soin dans
du beurre et plaquée sur le seuil. Elle mène à la vraie
cave, plus sombre encore, où s'entrevoient, pareilles
à d'énormes et vagues pleines lunes, les belles pièces de
fromage — de « fourme » — qui feront la gloire du
vacher.

*
* *

Il se fait tard ; les buronniers voisins se sont chargés
de clore nos bêtes. Nous mangeons quelques « trempes »
de pain dans du lait caillé et nous nous couchons. Bien
avant le jour on est debout. Seules les pointes des sucs
et la crête des montagnes commencent à s'éclairer,
touchées par la faible lueur qui précède l'aube. En bas
toutes les vallées restent noyées d'ombre. Nous nous
dirigeons vers le parc où nous devons traire. Caraud
porte sur son échine la grande gerle retenue par une
corde. A sa ceinture, il a suspendu le « sagui », grosse
corne de bœuf tordue en spirale, pleine de sel. Je viens
derrière lui avec les veaux que j'enferme entre quatre
claies dans un coin du parc. Voilà nos vaches, la Frisée,
la Marquise et les autres. Je les reconnais toutes, bien
que je ne les aie pas vues depuis le printemps. Je crois
qu'elles me reconnaissent aussi. Sous chacune d'elles je
lâche son veau, qui tettera un instant, juste assez pour
l'inviter à « donner » le lait ; puis j'attache le petit à la
jambe de la mère avec une cordelette. Alors le vacher
s'approche, tenant une petite gerle, ayant au derrière,
attachée par des courroies, sa selle dont l'unique pied
s'agite comme une queue bizarre ; il donne à la vache
qui tend son mufle une poignée de sel, s'assied sur son
flanc droit devant le pis, assujettit fortement le gerlou
entre ses jambes et commence à traire.

Sous la pression des doigts, le lait pisse, le lait ruisselle dans le gerlou, bientôt voilé d'une mousse blanche.
En cette saison, il suffit d'une vache pour le remplir.

Quand il est plein, Caraud le vide dans la grande gerle
à travers un torchon de chanvre qui sert de filtre et
arrête les poils. La traite finie, on charge. Caraud pose
le gros bout de la barre sur son épaule gauche, je prends
l'autre sur mon épaule droite. Vers le milieu, un peu
plus près du vacher, qui se réserve le plus fort paquet, la

La traite des vaches.

cuve est suspendue. Nous partons au pas, d'une cadence
parfaite, comme deux soldats exécutant une manœuvre
difficile, et nous pénétrons ainsi dans le buron, où nous
déposons avec précaution notre fardeau.

Tandis que Caraud manipule le lait, je m'occupe de la
soupe. C'est la première fois, et je suis très embarrassé.

« Prends de la bruyère... Mets du bois dessus... du
sec... des mottes. Là!... Tire une allumette... Buffe! »

Saisissant un vieux canon de carabine, notre soufflet,
je m'époumone à y envoyer de l'air.

« Maintenant, monte la marmite ! Verse de l'eau ! Là !...
Prou !... Boute-z-y une poignée de sel... du beurre... de
la crème... Taille les soupes ! »

Caraud prend dans un baril un quartier de tome aussi
gros qu'un de mes sabots et ajoute :

« Cogne ça dans les écuelles et trempe. »

Ah ! quelle soupe ! quelle délicieuse soupe ! Grasse,
remplie d'yeux jaunes et filante à vous étrangler. C'est
vrai qu'on ne mange que de la soupe, et seulement deux
fois par jour, mais elle est si bonne et si nourrissante !
Je ne crois pas, de ma vie, avoir mangé rien de pareil.
Je puis aller garder maintenant, car c'est mon tour.

*
* *

Cette montagne était « jouie » en commun par deux
fermes. Il y avait donc deux vacheries et deux burons, à
une centaine de pas l'un de l'autre. La jouissance commune avait un avantage pour les pâtres, — nous n'étions
de garde qu'un jour sur deux, — mais aussi un incon-
vénient : c'était plus de soixante vaches qu'il nous
fallait garder au lieu de trente.

Comme je suis pâtre pour la première fois dans la
montagne et que je n'en connais pas les limites, Cabot,
mon compagnon de l'autre masut, doit garder avec moi
tout le jour. Je le vois venir à ma rencontre, vêtu de guenilles sans nom, les pieds nus, plus sales que ceux de
notre verrat, coiffé d'un feutre informe, autour duquel il
a cousu, à l'endroit où fut jadis un ruban, deux peaux de
serpent entrelacées, pour se préserver des maladies et
du tonnerre. Il n'a qu'un œil, une vache lui ayant crevé

l'autre, l'été précédent. Il tient à la main un gros bâton renflé en massue. Je lui trouve un air redoutable, et lorsque je le vois, dans le parc, assener sur l'échine des vaches des coups retentissants, qui précipitent au dehors la cohue des laitières, je ne puis m'empêcher de l'admirer.

« Nous allons faire l'*aigado,* » me dit-il.

Transport du lait au buron.

Faire l'*aigado,* c'est tourner autour de la montagne avec le troupeau, lentement, en le laissant manger. Parti le matin à sept ou huit heures, il faut être revenu à quatre heures du soir au parc, pour la traite. La montagne comprend deux zones : la fumade — la partie bien fumée où le parc passe et repasse, couverte d'un gazon frais et dru — et le cercle qui l'entoure, une couronne large de deux ou trois cents mètres, mangée, râpée au fur et à mesure que l'herbe y croît. Cette zone d'isolement permet, le soir après la traite, vers les cinq heures, de laisser les vaches paître seules, en liberté, jusqu'à une heure avancée de la nuit, sans qu'elles s'écartent ou s'échappent. Elles restent dans la fumade et ne sont point tentées d'en sortir, d'autant plus que, les montagnes voisines étant soumises au même régime, la partie rongée devant laquelle s'arrête le bétail a quatre ou cinq cents mètres de largeur.

Nous commençons donc l' « aigado » au pas régulier et lent des vaches qui paissent. Cabot et moi, nous marchons soit derrière, soit sur le flanc.

« Dis-moi, Cabot, pourquoi n'avez-vous pas de chien pour garder ? Tu sais, j'en avais un bon, en bas, Flambo. Tu en as entendu parler ?

— Non. Si bon qu'il soit, il ne vaudrait rien ici, car les vaches qui nourrissent des veaux ne veulent pas plus voir les chiens que les loups. Elles te l'auraient vite éventré, ton Flambo, s'il était là, et toi aussi, s'il se réfugiait entre tes jambes.

Il ajoute, devinant mon ignorance du métier :

« Si tu voyais quelque vache gonfler, ou sur le point de vêler, — il y en a deux ou trois qui sont à terme, — tu irais vite « sonner » le vacher. Épie la Cerise, qui est sujette à la sourlangue[1]. Veille sur la Grise, qui a eu un coup d'eau[2]. Tu vois qu'on lui a mis des chevilles de « braies de loup[3] ». Ah ! surtout, prends bien garde au taureau. »

Le magnifique taureau de Salers, rouge-sang, dont le puissant poitrail touche presque à terre, porte, attachée à ses cornes, une large planche qui lui descend sur les naseaux.

1. Actinomycose, appelée encore « langue de bois ».
2. Pleurésie.
3. Nom local de l'ellébore fétide. On insère les tiges vertes de cette plante sous la peau de la vache, où elles font vésicatoire.

« C'est pour qu'il y voie moins clair, car il truque.
S'il venait à passer du monde, comme le gentianier du
Chaumeil ou le maître d'école de Collandres qui monte
par là ramasser des herbes, crie-leur de se tenir à distance. Toi, passe plutôt devant le taureau qu'à côté de
lui. De face, il ne voit rien. Et surtout ne va pas t'en-
dormir. Il pourrait te réveiller, et il vaudrait encore
mieux que ce fût le vacher du Travieil.

— Comment donc me réveillerait-il, le vacher du
Travieil ?

— Il prendrait un brandon de paille, l'allumerait,
s'approcherait de toi et te ferait rôtir les pieds.

— Oh !

— Demande-le plutôt à Baculat, son pâtre.

— Alors, c'est vrai, Cabot, qu'il y a des vachers
méchants ?

— Si c'est vrai ! Sais-tu ce que fait celui de Ventaillac ! »

Brusquement Cabot s'interrompt, galope vers une vache
qui paraît boire dans une crevasse, la détourne et revient.

« Tu ne laisseras pas boire les vaches à cette source.
Elle est glacée et leur donne des coups d'eau. »

Comme nous arrivons au bas d'une coulée où, entre
deux cascades, sur un parcours de deux ou trois cents
mètres, un ruisseau s'étale au soleil, se divise, s'ame-
nuise entre des roches et des pans de gazon, Cabot
ajoute :

« C'est ici que doivent boire les vaches. L'eau est
tiède. Il faut y arriver vers midi. »

Puis, saisissant son bâton, il l'enfonce dans la terre
et, considérant tour à tour le bâton, l'ombre qu'il pro-
jette et le soleil :

« L'ombre est deux fois moins longue. Il est juste midi. Caraud va sonner les porcs. »

A l'instant même retentit du côté des masuts l'appel formidable du vieux loup :

« Oï ! oï ! oï ! oï ! »

On l'entend de Cheylade, à une lieue d'ici.

Quelques minutes après, le grand troupeau se rassemble sur un plateau, et la « pause » commence, une halte d'une heure qui coupe l' « aigado ». Presque toutes les vaches se couchent et ruminent. Nous nous asseyons.

« Eh bien ! Cabot, et le vacher de Ventaillac ?

— C'est un bien mauvais bougre, va ! Pour avoir le lit à lui tout seul, il fait coucher son pâtre dans une crèche de l'étable, avec les veaux. Si le malheureux laisse teter une vache, il lui plante le nez dans une bouse chaude.

— Oh ! tout de même ! Et ton vacher, le Bricou, est-il méchant ?

— Hum ! pas toujours commode ! Quand on ne se réveille pas, le matin, à la première « sonnée », il ne se gêne guère pour vous lancer une louchée de petit-lait froid par la figure.

— Et Caraud ?

— Oh ! Caraud ! Il est bien assez sauvage comme ça, mais il n'est pas méchant.

— En bas, à la ferme, on le croit un peu sorcier.

— Pour ce qui est du temps, c'est certain. Quand il te dira que la journée ne se passera pas sans pluie, tu pourras le croire. »

De lui-même, le grand troupeau s'est remis en marche. Il se rapproche maintenant du parc, où les veaux, déjà enfermés, brament après leurs mères. Celles-ci leur répondent du plus loin, hâtent le pas et vont se

clore toutes seules dans leurs parcs respectifs, tandis
que les vachers arrivent avec leurs gerles sur le dos. Il
est quatre heures de l'après-midi. Après la traite, nous
« allandons » toutes nos vaches dans la fumade, où elles
paissent librement, sans bergers, pendant une bonne
partie de la nuit.

Il n'y avait pas plus d'une dizaine d'années qu'on les
abandonnait ainsi, le soir, jusqu'à l'heure de clore.
Caraud me racontait qu'auparavant il fallait les garder
la nuit avec plus de vigilance que le jour. Nos forêts
étaient pleines de loups. Dès le crépuscule on les entendait hurler au loin, s'appeler, se répondre, et ils ne
tardaient pas à venir rôder autour de la vacherie. Aver-
ties par l'instinct, les vaches commençaient à s'ébrouer
comme des chevaux pris de peur, puis, dès qu'elles les
apercevaient, poussaient un âpre cri d'alerte auquel
elles se rassemblaient toutes. Alors le troupeau serré,
compact, fort de son nombre, fondait impétueusement
sur les loups, la corne en avant, et c'était jusqu'à la lisière
du bois une poursuite farouche, un bruit assourdissant
de beuglements sauvages, de sonnailles violemment
agitées, de naseaux soufflants, une ruée tumultueuse
dans la nuit. Dès qu'il avait perdu la trace des fauves,
le troupeau rebroussait chemin, les mères alarmées se
hâtaient vers le parc, meuglant, pour retrouver leurs
veaux. C'était le moment que choisissaient les loups
pour saisir la proie. Plus prompts que des éperviers,
ils revenaient sur leurs pas et sautaient à la gorge de
la dernière bête, sans que le troupeau, qui entendait ses
cris, revînt à la charge. L'instinct a de ces inconsé-
quences.

Peu à peu, les loups devinrent rares et finalement

disparurent. « A cause de la percée du Lioran, disait-on. C'est le chemin de fer qui les a dépaysés. »

*
* *

La disparition des loups permettait aux pâtres d'abandonner les vaches le soir et de prendre part, jusqu'à l'heure de clore, à la fabrication du fromage.

Le grand, l'unique souci du vacher, c'est l' « estivade », — le produit du lait de toute la saison d'été, — les lourdes pièces jaunes qui s'alignent une à une sous la voûte obscure et dont il est responsable. Si le marchand de fromage, lorsqu'il viendra les acheter, n'en offre pas le prix qu'elles doivent valoir au cours de l'année, le patron se dédommagera sur son salaire. Que son fromage, par suite de malfaçon, fasse cinq ou six francs de moins par quintal, et tout son gage de l'année sera perdu. Mais ce n'est pas l'usage de lui abandonner la plus-value, si le produit, d'une qualité supérieure, se vend au-dessus du cours.

Aussi, quel soin dans la fabrication ! En rentrant du parc, nous déposons la gerle au milieu du buron. Sur-le-champ Caraud la découvre, tord, pour l'égoutter, le torchon de chanvre qui sert de filtre, prend dans un baril une louchée de présure, la dose avec précision, puis la mélange à toute la masse blanche par un large mouvement de brassage. A la surface il trace une croix, pour éloigner les mystérieux lutins qui s'amusent parfois à empêcher le lait de cailler. Puis il couvre la cuve. Il ne faut ni la heurter, ni la changer de place, ni s'y asseoir dessus. La « caillade » faite, Caraud saisit un

disque de bois muni d'un manche et percé de gros trous,
le plonge dans la gerle, l'enfonce, le remonte, le replonge
dans tous les sens afin de bien émietter le lait caillé et
de provoquer ainsi la séparation du petit-lait. Puis, assis
sur un trépied, la gerle entre les jambes, il « mène »
le lait avec l'« attrissadou », une planche de sapin de la
largeur de la main, qu'il pose debout contre la paroi
intérieure et à laquelle il imprime un imperceptible
mouvement de rotation. Sa main va, sans précipitation,
sans brusquerie, d'une marche insensible et régulière,
comme les aiguilles d'une montre, tandis qu'il entonne
doucement une lente, lente mélopée, deux ou trois notes
longues d'un air très simple et très vieux que lui avait
appris son père, vacher comme lui, un ronron somno-
lent dont il berce son lait comme un nourrisson malade.

Peu à peu, sous l'enchantement du rythme, sous sa
main douce et calme, les menues « brises » de caillé
s'agglutinent, tombent au fond, séparées du petit-lait,
qu'il recueille avec le « pousit[1] ». Il reste au fond de la
cuve une masse blanche : c'est la tome. Caraud la coupe
en quartiers. Ces quartiers, il les amoncelle dans un
large cylindre en bois, percé de trous à sa base, puis,
relevant son pantalon jusqu'à la cuisse, il y plonge ses
deux genoux et ses larges mains. Sous sa pression, un
flot de petit-lait s'échappe et ruisselle dans un baquet.
Cette opération, simple en apparence, exige du calme, de
la patience et une immobilité complète durant une heure.
Le grand disque de tome ainsi obtenu va rejoindre ceux
des jours précédents dans une gerle près du foyer, où
il subit une fermentation après laquelle il ressemble à un

1. Récipient en bois formé d'une cuvette traversée dans son centre par
une tige qui lui sert de poignée.

pain très blanc percé de millions de trous. Il reste maintenant à faire la pièce. Vachers, boutillers[1], pâtres, tous
y travaillent. Ils saisissent les quartiers de tome, les
rompent, les brisent, les émiettent. Sur la table de la
presse, Caraud a dressé la « fiture », où il a engagé la
« clisse » et, à sa suite, le « clissou », c'est-à-dire agencé
les diverses formes. Il y verse une première couche de
tome émiettée, il la presse, l'égalise, la saupoudre, par
un geste sûr, d'une poignée de sel uniformément réparti.
Comme il le dose, le mesure, par poignées d'abord, puis
par demi-poignées, par pincées! L'insuffisance de sel
compromet la conservation, trop de sel rend le fromage
dur et piquant; une inégale répartition produit des zones
de couleur et de goût différents. Ainsi édifiée par couches
successives, la pièce forme un gros cylindre de cinquante
à soixante kilos. Caraud la porte sous l'énorme pierre du
pressoir, qu'il soulève avec des leviers et qu'il laisse re-
tomber. Pour augmenter la pression, il ajoute de lourds
blocs de pierre, et le petit-lait — le poison du fromage
— jaillit par tous les trous, gicle par toutes les fissures.

Mais comme on a changé tout cela depuis trente ans!
Ah! si tu revenais, mon vieux Caraud, et si tu voyais les
filtres de soie, les moulins à tome, les presses mécaniques,
les écrémeuses, les friseuses, les malaxeurs, — que sais-
je encore! — ton sang, je pense, ne ferait qu'un tour,
maquaréou! Comme tu leur dirais que l'antique torchon de chanvre suffisait à filtrer le lait, que, du reste,
« jamais un poil de vache n'a étranglé de vacher », que
leur machine enfin est bien froide et bien morte!

Ils ne manqueraient pas de te répondre, les vachers
d'aujourd'hui, qu'avec leur moulin à tome ils font en

1. Aides vachers.

cinq minutes ce qui te demandait deux heures, que leur presse mécanique extrait le petit-lait bien mieux que tu ne le faisais toi-même avec tes genoux, que leur malaxeur — quels noms risibles, hein ! Caraud ! — répartit le sel mieux que ta main si sûre pourtant ! A quoi tu répliquerais, dans ta rude éloquence :

Ancienne fabrication du fromage.

« Mais vous ne voyez pas, enfants, que votre machine n'a pas d'âme, et que c'est l'âme du buronnier qui fait le bon fromage ! Ce qu'il faut, pour obtenir une pâte élastique et savoureuse, c'est la moiteur des genoux, la chaleur douce de l'homme, la pression vivante de sa main souple qui « affranchit[1] » la tome.

— Ce n'est pas propre, te dirait-on.

— Comme si le vacher qui presse deux fois par jour une heure durant, pouvait avoir les genoux sales ! Ah ! vaï ! la machine ! Je t'en ferais cuire la soupe, moi, té ! »

1. Assouplit.

Ainsi parlerais-tu. Et ton étonnement ne serait pas moindre si tu venais avec moi revoir le masut où nous demeurions tous deux. Tu n'apercevrais plus de loin, se découpant sur le ciel, le château de pierres dont tu avais surmonté la cheminée pour la défendre des tourbillons de vent et en améliorer le tirage, ni les mottes noires de la toiture, ravinées par la pluie. Effondré, disparu tout cela! Plus de pignon, plus de murs, point de porte! Rien qu'un amas de pierres où nichent les bergeronnettes, des décombres dont on ne sait plus l'origine. Cependant, si l'on frappait un peu fort vers le centre, on constaterait une résonance. Sous ces pierres il y a une voûte, sous cette voûte une caverne, un terrier, dans lequel, pendant des siècles, des générations de vachers et de pâtres ont demeuré.

Mais tu verrais un peu plus loin, adossé à un suc, le buron neuf qui a remplacé notre hutte, un vrai palais, mon cher, couvert en ardoises, avec une voûte, — c'est indispensable, — mais blanchie à la chaux, avec un pisé propre, avec des fenêtres qui ont des vitres, oui, des vitres, puis, dans tous les coins, des machines compliquées et splendides. Je te connais, Caraud, tout ce luxe ne te dirait rien qui vaille, tu penserais sans doute que les vachers y sont trop bien pour que le fromage y trouve son compte.

Ne crois pas cependant qu'ils soient exempts de soucis. Ils connaissent toutes tes tribulations d'autrefois. Comme au temps où tu les fabriquais, les grandes pièces, pour « se faire », à la cave, veulent être tournées, retournées, comme des malades las de dormir du même côté. Il faut les laver, les racler, les frotter, les polir, les choyer. Il faut surtout leur mesurer la chaleur et la lumière, leur procurer une température toujours égale, boucher les lucarnes de la cave, les entr'ouvrir ou les ouvrir selon la saison, le jour ou l'heure. Et, malgré ces précautions, il arrive parfois au vacher de constater — avec quelle angoisse! — que l'une d'elles se tasse, que ses flancs s'élargissent. Il aura mis trop peu de sel ou bien il aura laissé trop de petit-lait. Quelquefois cela s'arrête; souvent aussi l'aplatissement et la décomposition intérieure continuent, la pièce s'écrase, se fendille, et il la trouve un matin sous la planche, sur le sol, pullulant d'une vermine infecte. Et s'il en a seulement cinq ou six comme cela, il a, comme on dit, « gâché l'estivade ». Point de gages à la Saint-Martin, et puis enfin c'est la déconsidération, la confiance perdue, presque le déshonneur, tout ce dont tu ne parlais qu'en tremblant, mon vieux Caraud.

Et cela me rappelle la pitoyable histoire que tu me contais du vacher de Fontrouge.

*
* *

Ce n'était pas un mauvais vacher que Barbat, et cependant il lui arriva de trouver une pièce envahie par la vermine, dans sa cave, à Fontrouge, au-dessus des Bois-Noirs. Il ne s'en affligea point trop. Après tout, ce n'était pas la mort d'un homme, et peut-être son maître, bien que très regardant, ne lui dirait-il rien. C'était la première qu'il gâchait depuis vingt ans. Mais ce premier échec le contrariait tout de même dans son amour-propre de vacher irréprochable.

Il trouva, le lendemain, deux autres pièces avariées. Cette fois Barbat se gratta l'oreille. Il pourrait s'estimer

7

heureux si son patron, un homme avare et dur, prenait à son compte la moitié de la perte. Une angoisse terrible l'étreignit, le surlendemain, quand il vit deux autres pièces ramollies. Est-ce que cela allait continuer? Le nombre des fromages perdus s'éleva jusqu'à sept, valant, en bloc, de six à sept cents francs.

Le pauvre homme s'arrachait les cheveux. Son pâtre et son boutiller ne le reconnaissaient plus. En quelques jours ils l'avaient vu pâlir, blêmir, miné, pensaient-ils, par quelque fièvre maligne, car ils ignoraient la vraie cause de son mal, le vacher ne les laissant pas pénétrer dans la cave.

Barbat allait maintenant comme un somnambule, démoralisé, sombre, incapable de tout travail. Toutes les conséquences de son malheur se déroulaient dans son imagination affolée. Il faudrait descendre avertir le maître, qu'il savait rapace et cruel, qu'il avait vu, au cœur de l'hiver, ne se nourrir que de débris de pain et de chou-rave cru, par ladrerie. Cet homme ne l'épargnerait pas.

« Tu seras mis à la porte, se répétait Barbat, et sans un sou, malheureux que tu es! Jusqu'à la Saint-Martin tu chômeras. Et même, à la Saint-Martin, trouveras-tu seulement une autre ferme qui te veuille ? Il te faudra déchoir, accepter quelque part une place de boutiller, avec un salaire moindre. Quelle honte! » On le saurait bientôt en bas dans les fermes, on en parlerait dans les villages, et sa femme, et son vieux père aveugle, et les six marmots qu'il avait là-bas dans une chaumine, n'oseraient plus sortir, comme s'il avait commis un crime. Que leur donnerait-il à manger cet hiver ? Où « caverait »-il de l'argent? Et il vit la misère à son foyer. Sa

femme, son vieux père, ses enfants, pourraient prendre
un sac et aller mendier. Il se sentait devenir fou.

Cependant trois mois après Barbat était encore vacher
à Fontrouge. Son visage était redevenu calme. Le voici,
avec son maître, chez le marchand en gros où les appelle

Le boutiller (aide-vacher).

la vente du fromage. On pèse les lourdes pièces par
douzaines. On totalise. Il se trouve que « l'estivade » est
un peu faible comme quantité, mais, le cours étant très
élevé, le profit du patron se trouve tout de même considérable.

« Je comptais au moins sur cinq ou six quintaux
de plus !

— C'est que l'année a été un peu sèche, répond Barbat.

Nous avons pâti d'eau, et, vous savez, l'homme, pas
d'eau, pas de lait! Et puis, comme je vous l'ai dit, j'en
ai laissé aux veaux un peu plus qu'à l'ordinaire. Ils
dépérissaient à vue d'œil, les pauvres bêtes, avec cette
sécheresse! Ils sont bien beaux! On ne dirait pas des
veaux de montagne, bien sûr! »

A la Saint-Martin, son maître lui compte son salaire,
lui achète le tablier de cuir et les sabots convenus dans
le marché, et bien qu'il trouve que Barbat n'a pas beaucoup « fromagé », cet été, il le reloue pour une année
encore.

On est en bas, maintenant, dans les étables. Les bêtes
sont accréchées, et Barbat les appâte. Il a retrouvé sa
sérénité, son cauchemar est dissipé. Il est toujours le
vacher consciencieux d'autrefois. Même on dirait qu'il
apporte à son travail plus de zèle encore. Jamais on ne
vit serviteur plus occupé des intérêts de son maître.
Comme il distribue avec soin la pâture! Comme il dose
exactement la paille et le foin dans chaque botte! Et
comme il se ménage, dans la grangée de fourrages, de
quoi passer les giboulées d'avril et les mauvais jours
de mai! Ce n'est pas lui qui déchaumera la grange pour
sauver ses bêtes au printemps! Et comme il soigne les
premiers veaux qui naissent!

Chaque nuit, il se lève, allume sa lanterne et fait, tout
en chemise, une ronde dans l'étable où il couche avec
les bêtes, jamais absent.

Le soir, après souper, il veille, à la ferme, en compagnie du maître, de la servante qui file des quenouillées
de chanvre, et d'un vieux bouvier. Il est assis dans la
vaste cheminée, à sa place accoutumée, en face du large
fauteuil rustique où repose le maître. Entre eux, la

servante et le bouvier, gens de moindre importance, prennent place devant l'âtre. Tous devisent de vaches et de veaux, de génisses et de bœufs.

Vers les dix heures, la conversation tombe. Barbat, un pied sur l'âtre, l'autre sur les landiers, appuie sa tête contre le mur tout noir de suie, baisse son large chapeau sur ses yeux et sommeille jusqu'à la fin de la veillée, une vieille habitude qu'il a tous les hivers.

En face, immobile et muet, le maître, qui ne dort jamais, compte et recompte dans sa tête le revenu de son année, le mâche et le remâche selon sa coutume, suppute ce qu'il aurait pu faire si le charbon ne lui avait pas tué deux bœufs et si l'« estivade » avait été seulement aussi forte que celle de l'an dernier. Cinq ou six pièces de plus, c'était tout de suite vingt-cinq louis dans sa poche. Il n'y avait pas à dire, elle avait été faible, l'« estivade », cette année. Ces vachers, ça vous mangerait le vert et le sec!...

Un soir, il en était là de ses comptes, faits et refaits mille fois, quand tout à coup Barbat poussa, en dormant, un grognement bizarre. Sa figure se contractait, ses traits grimaçaient. On allait l'éveiller, lorsqu'il se mit à rêver tout haut :

« J'avais gâché sept pièces, l'été dernier. Cela me travaillait la tête, pauvre!... »

Le patron sursauta, la servante laissa tomber son fuseau.

« Une nuit, je les ai prises et je les ai jetées dans un puits de la montagne. »

Le patron, les yeux braqués sur Barbat, agitait ses gros poings renflés comme des massues. Il allait l'étrangler. Mais il se ravisa, contenant sa rage. Il

se tourna vers la servante et le bouvier devenus blêmes
et leur dit à voix basse :

« Vous avez entendu ce qu'il vient de dire, ce pis-
tolet ? Retenez-le. »

Et il laissa dormir Barbat, que son cauchemar trou-
blait toujours :

« Personne ne le saura ! Ah ! ah ! ah ! »

Le lendemain, une heure avant le jour, le patron,
monté sur son cheval, galopait vers Ségur, dans une
bourrasque de neige. Il revint à midi avec deux gendarmes. A peine entré, il bondit sur le vacher, le saisit
au col et lui hurla dans l'oreille :

« Tu m'as enterré sept pièces dans un puits de la
montagne, canaille ! »

Barbat s'affaissa sur le pisé comme une masse. Alors
le maître, devant ses gens terrifiés, répéta aux gendarmes l'involontaire aveu du vacher pendant son rêve
et le fit confirmer par la servante et le bouvier.

Étendu sur le pavé, la face contre terre, Barbat se
taisait.

« Levez-vous, lui dit le brigadier. Vous allez nous
suivre à la montagne, nous montrer où sont les pièces
et constater le vol. »

Le vacher ne fit aucun mouvement. Le brigadier répéta son ordre, mais en vain.

Alors le patron :

« Te lèveras-tu, mauvais sujet? »

Et, en même temps, il lui allongeait des coups de
botte. Barbat restait collé au sol.

Les deux gendarmes saisirent l'obstiné à bras le
corps, tandis que le patron l'empoignait par derrière.
Mais Barbat se cramponna aux pieds de la grande table,

les entoura de ses bras robustes et noua ses mains aux traverses; il résistait de toute la force de ses jambes arc-boutées contre le mur. Pendant quelques minutes ce fut une lutte acharnée, mais inutile. Barbat tenait bon.

« Nous pouvons nous passer de lui! s'écria tout à coup le patron, je sais bien où il est, moi, le puits. C'est un ancien trou à loups qui s'est rempli de terre et d'eau. »

Il remonte à cheval, suivi des deux gendarmes, emmène deux domestiques avec des pioches et découvre sans peine les pièces de fromage — ses pièces — enfouies sous la vase, où elles n'étaient plus qu'une bouillie grisâtre et puante. A leur vue, sa fureur redoubla :

« Ah! c'était ça, la sécheresse! La crapule lui aurait eu bientôt séché la bourse! Cette fois, par exemple, il le tenait, et il allait le faire mettre à l'ombre! »

Quand on fut de retour à la ferme, il était nuit noire. On chercha Barbat.

« Il est parti, dit la servante.

— Il se retrouvera, » grogna le patron.

Le surlendemain les gendarmes revinrent pour arrêter le vacher. Ils se rendirent chez lui. Un petit vieux entouré de marmots leur dit avec un sanglot :

« L'avons pas revu, le pauvre bougre! Savons pas où il est. »

Depuis que sa faute était connue, personne, dans le pays, n'avait revu Barbat.

Au mois de mai suivant, un pâtre qui gardait sous les roches du Sarapet vit, au bord d'un tas de neige en train de fondre, un cadavre d'homme. C'était Barbat. On comprit. Le malheureux avait dû se précipiter du haut du Sarapet, qui dresse à une hauteur de trois cents pieds sa muraille grise et ses aiguilles de pierre.

\*<br>\* \*

Cette responsabilité du vacher, dont le modeste salaire — quatre à cinq cents francs par an — est la garantie, quelle terrible chose! Que de malheurs elle a causés!

Souvent, à l'automne, quand ils descendent, les « montagnards » vous font d'effroyables récits de pâtres, de boutillers que leurs vachers ont tués d'un coup de hache ou décapités d'un coup de serpe, et qu'ils ont ensuite enterrés dans une gorge perdue derrière les sucs. Un jour, le pâtre et le boutiller auront surpris le vacher dissimulant une pièce manquée, ou la donnant à manger aux porcs. Plus tard, au cours d'une dispute, ils lui auront reproché sa faute, l'auront menacé de le dénoncer au maître, et lui, dans sa colère, leur aura envoyé par la tête la barre de la gerle, qui les aura étendus raides morts.

\*<br>\* \*

Un matin de septembre, comme j'allais laver à la source les torchons de chanvre qui servaient à filtrer le lait, je vis sortir du bois de l'Achenal le vicaire de Saint-Hippolyte, guêtré jusqu'aux genoux, les pans de la soutane relevés, un bâton ferré à la main. Il se dirigeait vers le buron d'où le vieux Caraud, campé sur le seuil, le regardait venir, d'une main abritant ses yeux, à cause du soleil levant.

« Bonjour, vacher! » s'écria le vicaire en lui tendant une main fine qu'il saisit après avoir prestement essuyé la sienne sur le revers de son tablier de cuir. Tous deux entrèrent dans le masut enfumé. Presque aussitôt le vicaire reparut, et je le vis s'en aller d'un pas rapide vers la montagne voisine.

« Qu'est-ce qu'il voulait, l'abbé? demandai-je.

— Tu l'as que, de mardi en huit, il veut te payer à dîner! me dit Caraud. Et tu ne boiras pas du mergue, je t'en réponds! Tu mangeras de la chair fraîche, quelque bon « taillou » de porc entrelardé ou de gigot, millodiou! Il a tué douze béliers, le curé, et il vient de me le dire. »

C'était sans doute cette « Fête des bergers » dont me parlait quelquefois Cabot, mon compagnon de garde, une vraie ripaille où l'on donnait à chacun des quartiers de miche, des parts de chair de mouton larges comme la main, et du vin! du vin!... Son œil unique s'illuminait dans son visage épanoui à l'idée de toutes ces friandises qui ne lui embarrassaient pas souvent la mâchoire.

Tous les ans, curés et vicaires passaient ainsi dans les burons pour avertir les pâtres et prier les vachers de les laisser assister à la fête.

Au lieu d'aller traire, ce jour-là, chaque pâtre jette dans un coin ses souquenilles, ses esclos fêlés, son chapeau défoncé, prend ses braies d'étoffe neuve, sa blouse vernissée, ses galoches qu'il frotte d'un peu de beurre pour assouplir le cuir, et puis s'en va, une gaule à la main, vers le suc de Rochemonteix dont on voit l'énorme tête grise se dresser dans le ciel, là-bas, vers le couchant. C'est derrière ce géant de pierre que la « Vierge des bergers », en frappant du doigt le rocher, fit jaillir

par trois orifices, symbole de la divine Trinité, une
source d'eau limpide, d'une incomparable fraîcheur.
Tout près d'elle, sur un monticule, entourée d'une
enceinte de grosses roches brutes, une église qui em-
prunte son nom à la source, la Font-Sainte, imposante
et massive, toute en blocs de basalte arrachés aux jeux
d'orgues des pays voisins, élève dans l'azur sa vaste
coupole et ses clochetons. Du côté de l'ouest, une palis-
sade de madriers la défend contre les tempêtes. Sa porte
est close, ses ogives sont barricadées de grosses planches lessivées par la pluie. Ses cloches dorment dans les
embrasures du pignon, la corde blanchie enroulée sur
le joug. L'herbe tapisse ses abords. Autour de la vaste
bâtisse, le silence inquiétant de la solitude. Pas une maison, pas un arbre, pas un être, rien que la montagne
avec ses pics aigus, ses crevasses, ses vertes étendues et
ses bruyères brunes. On songe à quelque cité disparue
dont l'église seule subsisterait.

Mais si vous passez par là le jour de la « Fête des bergers », quel changement! Sur le dôme, la bannière de la
Font-Sainte, largement déployée, flotte à tous les vents
des monts. Ses cloches sonnent à toute volée; les vitraux
étincellent, dégagés de leur cuirasse grise. La vaste
église rayonne dans sa gloire, animée, bruyante et bour-
donnante, pleine d'une vie joyeuse. Toute la pelouse, à
deux cents pas à la ronde, grouille d'une foule innom-
brable, venue là pour camper trois ou quatre heures
avec ses chars, ses voiturées de provisions, ses panne-
rées de victuailles, ses chevaux attachés aux moyeux des
roues, ses ânes brayants, ses mulets lâchés dans la
bruyère. Elle remplit la nef, l'enceinte, les alentours et
s'agite avec mille remous bigarrés. Ce sont d'abord les

gens des paroisses voisines amenés là par la tradition, la coutume, puis de nombreux pèlerins qui viennent de très loin chercher les bénédictions puissantes de la « Vierge des bergers », des Trizacaises à la robe de bure, des Mandaillaises aux collerettes blanches. Des mendiants, des infirmes lamentables, étalant leurs plaies, circulent, tête nue. Les curieux aussi abondent, bourgeois et hobereaux du voisinage, en quête de distractions, Parisiens en villégiature, attirés par une curiosité profane.

Voici enfin les héros de la fête, les pâtres de tous les monts voisins, accourus au nombre de cinq ou six cents. On les voit arriver par bandes des quatre coins du ciel, sauvages, la face terreuse et poilue, ensachés dans leurs braies rousses, inégales, étranglées, boursouflées, gauchement taillées par leurs mères, pâtres de toutes tailles et de toutes bêtes : vieux « manaïres[1] » décrépits, la peau gercée, la barbe inculte; « messages[2] » chevelus sentant le petit-lait et la bouse de vache; « arbaous[3] » marqués de dartres contractées auprès des veaux; chevriers puant le bouc à vingt pas, et pastourelets couverts de tiques comme leurs brebis. Ils viennent des bois, des burons, des vallées, de partout, depuis les Graules, les Chichourles, le Saut du Pillarot, jusqu'à l'Elancèze et l'Homme Armé. Partis dès l'aube, quelques-uns ont fait trois ou quatre heures de marche. Ils s'engouffrent sous le porche, se pressent peu à peu dans la nef qui regorge. Ils contemplent de leurs yeux naïfs les peintures violemment coloriées qui ornent les murs. A l'entrée, c'est

1. Pâtres de *manes,* ou vieilles vaches à l'engrais.
2. Pâtres de vaches laitières.
3. Pâtres de veaux.

Marie Galvain, la bergère de Rastoul à qui la Vierge
apparaît et confie la tâche de bâtir, à côté de la source,
à une place marquée d'un signe, l'église tutélaire où
tous les bergers des monts viendront l'invoquer et vers
laquelle ils se tourneront aux heures de péril. Plus loin,
une légion d'archanges, aux glaives flamboyants, terras-
sent le Malin dont ils
connaissent toutes les
ruses et qu'ils ont vu
rôder autour des trats
ou chevaucher d'un suc
à l'autre sur la « Bara-
gaougno[1] ».

Enfin, tout au fond,
sous la grande coupole,
debout sur l'autel res-
plendissant, la « Vierge
des Bergers », dans une
gloire, étend son bras
protecteur au-dessus
du grand troupeau des
pâtres. Parmi eux, nul
n'ignore que cette sta-

Un « manaïre ».

tue au manteau brodé d'or, où elle s'est incarnée, vint
miraculeusement de la terre sainte, il y a deux cents
ans, et fut remise à la plus pure d'entro les pastoures, à
Marie Galvain, par l'évêque de Clermont en personne,
Massillon, dont les pâtres, de génération en génération,
conservent la mémoire. C'est pour eux, les déshérités,
pour eux seuls que la Reine du Ciel est venue habiter ce
sanctuaire isolé dans l'exil des monts. Même elle a pris

1. Sorte de tarasque locale.

leurs mœurs, leurs coutumes, s'est pliée aux nécessités
de leur existence de transhumants. L'hiver, quand ils
sont en bas dans les fermes, sous la neige, son sanctuaire
là-haut est vide comme leurs burons abandonnés; elle
descend aussi dans la vallée, aux premiers froids de
l'automne, mais
comme la terre
sainte, son pays
d'origine, est trop
loin, elle demande
asile à San-Chipo-
gue, un saint très
pauvre et très âgé,
qui l'accueille, pour
les mauvais jours,
dans sa petite église
chenue et décré-
pite, toute chance-
lante de vieillesse.
Puis, au printemps,
lorsque les pâtres
« montent », elle
reprend elle aussi
le chemin de la

Un « message ».

« Font Santo », suivie de toute la population du pays
qui va l'installer en grande pompe.

Peu à peu, les derniers poussant les premiers, les
bergers avancent vers le chœur, se groupent autour des
confessionnaux, où ils stationnent longuement. Lassés
par l'attente, ils se bousculent, se pressent, s'écrasent,
se volent leur place par ruse ou par force.

Après le long défilé devant la table sainte, après la

distribution des médailles à l'effigie de la sainte protec-
trice, l'essaim des pâtres sort de l'église par toutes les
issues, se range tumultueusement derrière les bannières,
tandis que les cloches s'ébranlent et s'envolent dans une
chantante allégresse. Derrière, entourée de plus de quarante prêtres, la statue vénérée s'avance, élevée sur un
pavois, portée par quatre vieux « manaïres » de haute
taille. Alors une immense procession commence autour
de la montagne, sur l'herbe rase étoilée de violettes.
Prêtres et pâtres, à pleine voix, chantent le cantique
traditionnel, dans ce rude patois de la montagne, âpre
et dur comme ceux qui le parlent :

> Bierdzo de la Font-Santo,
> Escouto lou pastourel
> Qui ti predzo et qui ti tzonto
> Tout en gardont soun troupel.

« Vierge de la Font-Sainte, — Écoute le pastoureau
— Qui te prie et te chante — Tout en gardant son troupeau. »

Puis on choisit sur la pelouse moutonnante un espace
uni où l'on arrête l'immense colonne que l'on replie vers
l'église et qui se recourbe en croissant. Les prêtres font
un signe : nous nous asseyons tous dans l'herbe, tandis
que des voiturées de miches, des paniers pleins de
viande, des bannes remplies de poires, s'amoncellent au
centre et que des hommes roulent vers nous une grosse
barrique. C'est pour nous tout cela, et nous dévorons des
yeux les quignons dorés, les larges tranches de viande
roses, humides et juteuses, les poires fondantes — des
limagnaises — qui dorment dans la fougère. Devant le
tonneau que l'on hisse péniblement sur un tas de pierres
nous jubilons d'avance en nous frottant les mains. On en

voit qui, déjà, ont ouvert leur couteau retenu à leur veste
par un cordon de cuir.

Bientôt une nuée de séminaristes en vacances, de jeunes
messieurs cossus, neveux de curés, fils de châtelains ou
de propriétaires, s'emparent des vivres et commencent
la distribution. Par un renversement des rôles qui nous
réjouit, nous avons aujourd'hui pour serviteurs les fils

La fête des bergers, à la Font-Sainte.

de nos maîtres. Un premier groupe passe devant nous
et lance dans nos rangs des quartiers de pain blanc qui
tombent dru comme des boules de neige. Arrivent ensuite une dizaine de jeunes gens munis chacun d'une
corbeille dans laquelle ils attrapent à pleins poings des
tranches de viande qu'ils nous jettent sans relâche, sui-
vies de lardons roussis, d'os à ronger que nous happons
au vol et que nous dévorons goulûment. Quelques rusés
compères les fourrent dans leurs poches et saisissent au
passage de nouvelles parts, de nouveaux quignons qu'ils

dissimulent encore. On se dispute, on se vole, mais sans perdre un coup de dent ; on s'injurie la bouche pleine, on se menace, surtout lorsque les poires commencent à rouler. Quelquefois on partage en frères, si l'on est du même buron. Cabot a brisé un os entre deux pierres ; il me tend un bout de moelle ; je lui passe des lardons roussis dont je le sais friand. Les vicaires, les séminaristes, un broc d'une main, un verre de l'autre, nous versent à boire. Le verre se remplit, est vidé d'un trait, passe au voisin et se vide encore, mettant des moustaches rouges aux lèvres imberbes.

« Quelle boisson ! fait Cabot.

— Qui n'a pas bu ? demande un abbé.

— Moi ! Moi ! Ni moi non plus ! »

Et les mains se tendent de partout.

Personne n'a bu. Les vieux pâtres, plus malins, essuient leurs lèvres, se faufilent discrètement vers les points où la distribution n'est pas faite, afin d'avoir double ou triple ration.

Le vin a délié les langues. Un brouhaha, de minute en minute plus assourdissant, s'élève sur tout le demi-cercle. Le grand troupeau s'agite. Les « crêtes » sont rouges, les yeux allumés s'écarquillent dans les faces épanouies. Des têtes vacillent. Patrique, d'Alberoche, « yolde » à plein gosier, comme s'il était derrière ses vaches : Hou ! hou ! hou !... A l'autre extrémité du croissant, Roucougo lui fait écho. Plusieurs chantent. Et tout cela pour deux doigts de vin.

Maintenant la foule se disperse. Il faut refaire la longue route du matin et rentrer au buron. Mais qu'importe ! Cette journée de liberté nous a ravis, on nous a servi un festin de roi ; nous avons retrouvé nos camarades de vil-

lage, loués parfois à dix lieues de nous, et ç'a été tout un
monde de souvenirs. Chantant à pleine gorge, nous re-
prenons, par bandes, le chemin de nos masuts. Longtemps encore, le soleil couché, on nous entend, dans la
montagne assombrie, nous appelant, nous répondant en
dévalant les côtes et yoldant de toutes nos forces au
fond des bois et des ravins : Hou ! hou ! hou !...

*<br>* *

Le soir, après la soupe, dès que j'avais rincé les
écuelles et rangé le chanteau sur la table, en attendant
l'heure de clore, je « tuais » le lumignon pour en épar-
gner l'huile et je m'approchais du feu de hêtre au fond
de la hutte. Assis sur la gerle où fermentait la tome à la
tiédeur du foyer, jambes pendantes, ses larges braies
étalées devant la flamme, grattant la cendre avec ses
pieds nus tout noirs de bouse, crevassés, calleux et cor-
nés, — de vrais pieds de bête, — le vieux Caraud tournait
et retournait sa tabatière, humait une prise, se troussait
le nez et songeait, les yeux fixés sur les tisons. Très
souvent il restait ainsi des heures, abîmé dans ses
rêves, immobile, muet comme un ours solitaire, tandis
que l'ombre de sa grosse tête se projetait, énorme, sur
la voûte du masut, où elle tremblait et vacillait au va-
et-vient de la flamme. Accroupi devant lui, sur ma selle
à trois pieds, les coudes aux genoux et le menton dans
les mains, je regardais, j'écoutais les crépitations de
la braise, j'épiais, pour deviner le temps qu'il ferait
le lendemain, la sortie des gaz, des « buffos », dont
le jet enflammé s'échappe en soufflant des tisons.

Quelquefois, quand il était bien luné, Caraud, au lieu
de se perdre dans ses songes, me contait des histoires.
Je n'ai pas oublié les aventures de trois bandits, fameux
dans la montagne. Mais ce qui me charmait le plus,
c'était le récit de sa vie, du vieux temps de sa jeunesse.

« Lorsque j'étais boutiller au Puy Vendriet, me disait-
il, l'hiver, quand j'avais « régi » les bêtes et le lait, je
prenais mes bottes, le soir, et avec les deux bouviers
de la ferme, Le Borgne et Grantagou, ou même tout
seul, je grimpais la montagne, je m'en allais au diable
passer la veillée vers la Pierre-Grosse ou Trizac, et il ne
me faisait point peine de traverser à minuit le bois
de Marilhou, tu sais, celui qu'on voit là-bas, du côté du
« plutzaou » (on nomme ainsi chez nous le couchant,
d'où vient la pluie). Ils avaient beau me dire qu'il y avait
des « peurs » dans les forêts, qu'on y rencontrait des
loups-garous au carrefour de tous les sentiers, que les
vrais loups n'y manquaient pas non plus, je ne serais
pas resté pour trois pistoles, car c'était par là-bas qu'on
dansait le mieux et qu'on trouvait le mieux à se battre,
et tu sauras, petit, que lorsque je n'avais que trois fois
sept ans, le premier venu ne me posait pas le cul par
terre. Ah! millodiou! où est ce temps? Je ne suis plus
qu'une guenille, aujourd'hui. Il y avait de rudes gaillards,
dans ces villages, des mâles qui chargeaient leur balle
de sel d'une main sur l'épaule comme un sac de plume;
mais Grantagou, Le Borgne et moi, nous n'étions pas
engourdis non plus, je t'assure, et un homme ne nous
pesait guère entre les mains.

« Pour bien danser, par exemple, nous leur passions
la plume par le nez. Pas un d'entre eux, entends-tu, ne
pouvait frapper du pied plus fort que moi, ni claquer

des doigts comme Grantagou, ni yolder comme Le Borgne. Nous en avons « viré » des bourrées, tous les trois,
au hameau de la Pierre-Grosse qui est assis dans la
« prade » au fond du bois de Marilhou ! Nous ne quittions pas le plancher, danse que dansera ! Et plus d'une
vieille qui s'y connaissait ne se gênait pas pour dire :
« Il n'y a pas ici de si bons danseurs ! »

« Ce qui ne faisait pas rire les gens du lieu.

« Une fois, à la fin de la veillée, Le Borgne, en faisant
le saut périlleux, — et à ce jeu il était passé maître, —
frôla la blouse d'un colosse de l'endroit, large et trapu,
fort, à ce qu'on disait, comme un char.

« — Les Collandriers feront bien d'enfiler le trou du
« maçon[1], cria l'homme, autrement ça va chauffer. »

« Ceux de Collandres, c'était nous, maquaréou ! Je lui
portai dans la panse un coup de botte qui l'étendit les
quatre fers en l'air. On s'empoigna. Nous étions trois,
ils étaient dix. D'un coup de poing, Grantagou fit voler
le lumignon, qui alla se perdre sous les meubles. Ce fut
alors un beau vacarme. Les femmes, dans la nuit, gei-
gnaient ; dans les lits clos, des enfançons réveillés pleu-
raient, criaient ; les hommes juraient, hurlaient, rugis-
saient. Les poings, comme des massues, s'abattaient sur
les crânes, résonnaient sur les échines, tandis que les
tables, les bancs, les coffres, les marmites, se renver-
saient et se brisaient avec un bruit d'enfer. Tout à coup,
nos adversaires s'écrient : « Sauve qui peut ! » C'était Le
Borgne qui avait trouvé dans un coin un lourd maillet
de bois, avec lequel il massacrait tout. Devant lui, la
porte s'ouvrit, la maison se vida en un clin d'œil. A

1. La porte.

notre tour, nous nous esquivions au galop, abandonnant chapeaux et blouses. Il était temps, car l'alarme était donnée dans le village et les gens accouraient avec des fourches et des barres.

« Tout de même, le lendemain nous n'étions pas tranquilles. On ne nous aurait pas étonnés en nous disant que nous avions tué un ou deux hommes. Nous ne pouvions pas nous empêcher de jeter de temps en temps les yeux sur la route de Riom, craignant d'y voir surgir les « bigarrés[1]. »

Et Caraud, ragaillardi par ces souvenirs, empoignait sa longue barbe, la caressait de sa large main et s'écriait : « Ah ! c'était le bon temps ! »

Un peu effrayé de ces mœurs brutales, je hasardais : « Aujourd'hui, on se bat moins, n'est-ce pas, vacher ? Le monde n'est pas si sauvage ?

— Hum ! Pas si sauvage ! grognait-il en hochant la tête. Peut-être. Mais il est plus jeanfoutre ! »

C'était là sa philosophie depuis qu'un fermier des environs, tombé en faillite, lui avait fait perdre mille écus, ses économies de cinquante années.

« Je les lui avais prêtés de confiance, disait-il. Je pensais : « Pas de danger que tu les perdes ! Ce fermier a du « bien, et chez lui la vache a bon pied. » Il voulait me faire un billet. « Eh ! qu'est-ce que j'en ferais ? Je ne sais pas « lire, moi ! » Il m'a tout fait perdre, la canaille. Maquaréou ! De mon temps on ne parlait pas de billets. Quand on prêtait de l'argent à quelqu'un, on se cachait derrière une muraille pour le lui donner ; on n'en soufflait mot à personne, et cet argent vous était toujours rendu. Aujourd'hui, millodiou ! on ne peut pas seule-

1. Les gendarmes.

ment prêter deux liards sans une écritoire et du papier.
Oh! oui! le monde est jeanfoutre au jour d'aujour-
d'hui. »

Et voilà pourquoi, pour Caraud, le passé, c'était le bon
temps. Le passé! Il le racontait sans cesse. Il en aimait
tout, jusqu'aux misères, jusqu'aux disettes. En « 17 », en
« 18 », en « 48 », pendant des mois et des mois, il n'avait
mangé que du pain d'avoine. Il ne s'en plaignait point.
Cela ne l'avait pas empêché de devenir et de rester le plus
robuste vacher des montagnes. Il était d'humeur belliqueuse. Aussi, presque toutes les aventures de sa vie
de montagnard se ressemblaient-elles. Il s'était battu à
Riom, un jour de fête, contre un Hercule et avait failli
l'étouffer dans ses bras. A la foire de la Madeleine, à Ap-
chon, trois Marchastellous, qui connaissaient sa renom-
mée, lui cherchant noise dans une auberge, il les avait
boutés dehors à travers la porte vitrée, sans prendre la
peine de l'ouvrir. C'est alors qu'emporté dans son élan,
il avait lui-même heurté un éclat de verre et s'était fait
cette profonde balafre qui lui tailladait le nez. Il s'était
battu dans les « lièves[1] » avec des Limousins querel-
leurs, dans les fêtes des moissons avec des Cadurciens
et des Barabans[2] coupeurs de blé, avec de rudes vachers
comme lui dans la montagne. Et maintenant encore,
malgré son âge, — il allait sur ses soixante-douze ans
depuis le « mois court », — Caraud comptait parmi les
plus solides de la contrée. Il nous montrait quelquefois
comment il faut s'y prendre pour maîtriser un taureau.
De la main gauche il empoignait une des cornes de la

1. Liève : fête que donnent les maçons lorsqu'ils ont planté le mai au faîte
d'une maison dont la construction est achevée.
2. Gens de la Margeride.

bête. Il lui plongeait dans les naseaux les doigts de la main droite, puis, il lui tordait le cou comme il aurait fait à un poulet, et le taureau se renversait, les quatre pieds en l'air. Aussi, pas de danger que les vaches au pis gercé voulussent regimber avec lui. Lorsqu'il élevait la voix et qu'il leur posait sa grosse main velue sur le jarret, elles se mettaient à trembler comme des feuilles.

Je crois l'entendre encore me raconter, à la lueur incertaine du foyer, sa vie rude et primitive. Toute la montagne vivait en lui, semblait parler dans son rauque patois, dans sa voix mâle et forte, dans ses gestes expressifs. D'autres fois, quand le cœur lui en disait, toujours assis sur sa grande gerle, devant le feu, il posait son large pied sur l'âtre, et, le coude appuyé sur le genou, sa casquette en peau de chien rejetée en arrière, il chantait, un doigt dans l'oreille, — l'index pour préciser, — une heure, deux heures de temps, sans s'interrompre, jusqu'au moment de clore. Il chantait les chansons de la solitude, des complaintes, des « regrets », paroles simples sur des airs anciens :

Lou paouri pastri
Sayo marida
Sans lou disastri
Qui yis arriba...

. . . . . .
S'es coupà un artir
Tont pir pir guir !

« Le pauvre pâtre — serait marié — sans le désastre — qui lui est arrivé... — Il s'est coupé un orteil — Tant pis pour lui ! »

Ou bien c'était une bourrée au rythme fringant qu'il accompagnait en claquant des doigts :

Moun asi n'ayo tris pès bloncs,
Doui di darrié, un di dabont,
Un gente mourri d'asi...

« Mon âne avait trois pieds blancs, — deux par derrière, un par devant, — un gentil museau d'âne... »

Ou encore parfois une chanson populaire, en français
du Nord, celle-ci par exemple, qu'il aimait beaucoup :

> Et la Youyette ? Elle est à la grand'messe,
> A la grand'messe, à Saint-Denis.
> Tardera pas à revenir.

Mais ce qui me transportait, c'était les chansons mili-
taires contemporaines de sa jeunesse qui célébraient
l'assaut du Trocadéro, les campagnes de « Frique » ou
de plus récents faits d'armes :

> Sébastopol est pris, nous avons la victoire.

Combien je préférais ce répertoire à celui de l'école!
Et lui-même était de mon avis. Lorsque, sur sa demande,
je lui en offrais quelque échantillon, il ne pouvait s'empêcher de s'écrier :

« Ça ne vaut pas la « Grande! »

Et, le doigt dans l'oreille, d'une voix puissante qui
faisait frémir tout le masut, il beuglait comme un taureau de Salers : « Lo, lo, lo, lo, lo, lo, lo... »

Oh! non, ça ne valait pas la « Grande »!

D'en bas, des guérets, des terres roussâtres que poin-
tillent les tas de fumiers, la « Grande » monte encore,
celle des labours, un peu voilée, triste comme si elle
allait mourir : « Lo, lo, lo, lo, lo, lo, lo... »

C'est l'automne, la Saint-Léger, qui « déroche » les
vachers, les fait dévaler des montagnes.

Les jours sont courts. Pour traire, il faut se lever
avant l'aube, maintenant. Malheur! Quel vent, ce matin! Comme il vous mord, le sauvage! Au parc, toutes

les vaches sont blotties dans un coin, derrière les palissades.

« Mauvais signe, dit Caraud, quand la moitié du parc
est vide ! »

Il ne paraît pas sentir la bise, lui ! il en a vu bien d'autres. Je lui amène les vaches, chacune à son tour, chacune avec son veau attaché à la jambe gauche de devant.
Il fait bon s'appuyer à leurs ventres chauds, s'acoquiner
sous le pis, y réchauffer ses mains, ses oreilles.

Le jour paraît. Tiens ! les sucs ont repris leur bonnet
de nuit, une calotte de neige qui fondra tous les matins
vers dix heures, jusqu'au moment où ils revêtiront, pour
tout l'hiver, leur épaisse fourrure blanche.

Allant et venant, je songe. Les écoles, sans doute,
viennent de rouvrir. A cette heure, mes anciens camarades font la grasse matinée. J'aurai eu plus d'une fois
l'onglée lorsqu'ils iront en classe. Il n'est pas cinq heures. Comme le jour tarde à venir ! La traite finie, nous
déplaçons le parc. Ce n'est pas commode avec ce vent
du diable. Nous avons passé autour de notre chapeau
et noué sous notre menton une corde, en guise de jugu-
laire ; nous transportons les claies et les palissades. Il
faut s'arranger pour ne pas donner prise à la rafale.
Nous devons lui présenter le flanc et marcher de guin-
gois, si nous ne voulons pas qu'elle nous bouscule et
nous culbute. Il faut planter solidement chaque pièce, la
fixer, l'arc-bouter, doubler les pieux et, en outre, passer
autour du parc une longue corde, comme une ceinture.
De temps en temps, je frappe l'une contre l'autre mes
mains engourdies par le froid et je pense :

« Dans le bourg, là-bas, sous les roches de la Biogue
et du Chachapet, il ne fait certainement pas un vent si

fou. Comme on sera bien en classe aujourd'hui! Il y
aura leçon d'histoire, peut-être. »

Mais je veille en même temps à ce que les vaches ne
s'écartent pas de la fumade. L'herbe, saupoudrée comme
elle l'est de menu grésil, les ferait avorter au printemps.
Nous chargeons la gerle et nous filons. Elle est légère

Montage du parc.

aujourd'hui. Au buron, pendant que le vacher caille, j'allume le feu à la hâte. Dans leur loge, les porcs grognent,
secouent la porte, la mordent, la soulèvent du groin. Ils
ont faim. Tant pis, qu'ils attendent! Moi aussi, j'ai faim!
Et ce feu qui ne veut pas brûler, tant le bois est humide!
Enfin, je « monte » la soupe! j'y mets une pleine louchée
de crème, un bon quartier de tome, et nous la mangeons
presque bouillante. Ça fait du bien, millodiou!

Une pluie glaciale, par moments mêlée de neige, se
met à tomber, poussée par un vent à décorner les bœufs.

Le grésil a disparu ; c'est l'heure d' « allander » et je
suis de garde. C'est tout juste si on est entré en classe,
là-bas. Il me faut aller faire une centième fois l' « aigado », la lente promenade autour du grand pacage.
Ouollou ! ouollou ! L'herbe devient rare, le gazon est râpé
jusqu'à la racine. Çà et là seulement percent quelques
touffes de « poil de bouc » et, plantées comme des bâtons,

Un buron.

des tiges sèches de gentiane. Par cette tempête, il ne fera
pas bon tonir les bêtes aujourd'hui. Elles sentent d'ailleurs que la descente approche. Dès que j'ouvre les parcs,
au lieu de se diriger vers l' « aigado », elles regardent
en bas, vers les vallées, et partent dans cette direction,
en meuglant. Voilà plusieurs jours que ce manège dure.
Bien sûr que chaque matin elles se disent : « C'est pour
aujourd'hui le départ. » Je les oblige à rebrousser chemin. Je leur donne plus de large pour finir l'herbe.
Elles vont, les flancs ruisselants comme des gouttières, la

tête basse, les cornes en avant, le nez rentré et luttant de front contre la pluie battante. Elles n'écoutent que le bâton aujourd'hui, les carnes !

Onze heures ! Je suis aux bornes d'Infournaou. Les écoliers sortent de classe, ils vont jouer jusqu'à midi, les chançards, aux barres ou aux billes peut-être. Une épaisse nuée enveloppe la montagne, l'obscurcit et la noie. Encore six heures à rester dans ce vent, sous cette trombe d'eau glacée. Chien de métier ! Elle ne passe pas vite, la journée. Je m'en prends à mes vaches.

« Arrête, Marquise ! Vire, Rouge ! Ah ! garce ! tu le payeras, gourmande bête ! Vlan ! »

Par mon âme, à l'école on doit être mieux qu'ici.

Brimo ! brimateïro !
Lébo-ti di diñs lou pra di la ribeiro.
N'io un pitiot missatjou
Qui n'o ni saïle, ni saïlou,
Qu'un tro di tchapel di paillo
Oun toutches lous ousseïs n'y fasou la bataillo !

C'est Baculat, le pâtre du Traveil, qui jette cet appel vers la nuée grise...

« Brume, brume échevelée, — lève-toi du fond du pré de la rivière. — Il y a un petit berger — qui n'a saïle grand ni petit, — rien qu'un mauvais chapeau de paille — où tous les oiseaux font bataille ! »

A mon tour, je répète : « Brimo, brimateïro !... »

Et après moi, Patrique, d'Alberoche, sur le versant du suc du Vernet, faisant un porte-voix de ses mains arrondies, reprend avec force : « Brimo, brimateïro !... »

« Lève-toi, brume ! Cesse, pluie ! Cesse, neige ! » Cet appel retentit, se répète, s'arrête, recommence, se répercute au loin dans la montagne.

Mais hélas! la brume est sourde. Elle s'épaissit et nous
trempe de plus belle. Le jour est sombre, crépusculaire
et sinistre sous l'amas de vapeur qui nous écrase.

Enfin, j'arrive au parc, mouillé jusqu'aux os. Les veaux
grelottent, arquant leur échine derrière les palissades.
Ils se jettent goulûment sous leurs mères. Il me faut les
parquer un à un, par l'oreille. Sous cette pluie glaciale,
la traite du soir est aussi pénible que celle du matin. Le
masut, où nous rentrons enfin, la gerle sur l'épaule, est
tout suintant d'humidité. De la voûte, des gouttes d'eau
noirâtre tombent de temps en temps sur le sol. Impossible d'allumer du feu dans le foyer noyé de pluie. Je
dresse le bûcher dans un coin ; nous nous enfumerons,
mais nous aurons un peu de soupe. Au dehors, la tempête redouble de violence ; la masure tremble dans le
vent qui gronde...

« Petit, mange vite, me dit le vacher. Appelle Cabot.
Ce soir les vaches pourraient bien descendre sans nous. »

Il arrive, en effet, qu'affolées par la tempête, tourmen-
tées par la nostalgie de l'étable chaude, elles s'échappent sur les pentes en galopant comme des chevaux et
qu'elles envahissent les dernières récoltes.

Il nous faut quitter les masuts, Cabot et moi, reprendre le bâton, le saïle et nos feutres ruisselants, nous
poster sur les flancs des sucs de façon à barrer le passage au grand troupeau qui paît là. Une obscurité de
souterrain a succédé à un jour ténébreux. Nous allons
et venons, transis. Ah! on ne chante plus, on ne yolde
plus! C'est trois heures qu'il nous faut rester dans un
noir de suie, sous l'averse continuelle. La tempête fait,
la nuit, un vacarme bien plus effrayant. Les torrents
beuglent bien plus fort dans les gorges. Les arbres,

dans les forêts des versants, craquent, grincent, ronflent.
Une foule de bruits qu'on n'entend pas le jour sont
maintenant perçus, et, comme la cause en est mysté-
rieuse, ils font peur. Il y a dans l'air des gémissements,
des cris de détresse, des êtres inconnus qui se lamen-
tent, — des âmes en peine, me dit Cabot.

En bas, dans les vallées, on voit trembloter les lumignons des chaumières. Et l'on rêve de maison chaude,
d'habits secs, de vie calme. Moi, je songe au temps
passé et je me dis : « C'est bien ta faute. A cette heure,
tu pourrais être au coin d'un bon feu, les pieds sur les
landiers ou dans un lit de feuilles bruissantes. Décidément, il vaut mieux manier la plume que le bâton. » Et
tout d'un coup me revient en mémoire une poésie de
Villon que nous récitions l'autre hiver, un peu arrangée à
notre usage :

> Bien sais, si j'eusse étudié     Mais, hélas ! Je fuyais l'école
> Au temps de ma jeunesse folle,    Comme fait le mauvais enfant...
> Et à bonnes mœurs dédié,      En écrivant cette parole
> J'eusse maison et couche molle !   A peu que le cœur ne me fend.

Comme je la comprends aujourd'hui ! Ah ! petite école
de mon village, où est ta douce paix ? Où est ta cloche
grêle ? Où est ta cour abritée du vent ? Où sont mes
beaux livres, mon *Petit-Jean*[1] avec ses récits merveilleux,
mon « histoire » pleine d'héroïques légendes ? Où sont
mes joyeux compagnons d'étude et de plaisir ?

Un à un, tous les lumignons de la vallée s'éteignent.
Ce doit être l'heure de clore... Ouollou ! ouollou ! Nous
rassemblons les vaches indociles. Les gaules résonnent
sur leurs panses pleines comme sur des tambours. A
tâtons, dans le parc, nous reconnaissons chacun les

---

1. Le livre de lecture courante alors en usage dans les écoles.

nôtres, toujours en garde contre un coup de corne ou contre une attaque du taureau. Il nous manque une vache. Elle sera partie. Il faut la trouver à tout prix.

L'un d'un côté, l'autre de l'autre, Cabot et moi, nous partons à sa recherche, retenant notre haleine pour mieux entendre. Cabot applique son oreille contre terre et, dans une accalmie du vent, perçoit le tintement d'une clochette, en bas, dans les regains. Il descend à travers bois, sous les feuilles qui dégouttent, trébuchant, tombant et s'embarrassant dans les ronces. Il trouve la vache, d'un bond se suspend à sa queue et se fait traîner par elle jusqu'au parc, en la frappant à tour de bras.

Nous voilà rentrés dans nos masuts, harassés, les yeux lourds de sommeil. Il tombe du grésil à présent, il *égrenisse*. La hutte est noire, le vieux souffle et ronfle comme un buffle. Je me dépêche d'étendre mes habits tout trempés sur une barre, dans le coin où j'ai allumé du feu, et je tombe dans notre lit humide et puant, avec délices.

Toutes pareilles, ces journées d'automne à la montagne : froid perçant, pluie glaciale ; quelquefois, le matin, une « solée » de neige. Cependant nous devons nous y attarder le plus possible afin d'épuiser l'herbe. Mais il faut en finir. On est monté de la ferme avec des chars. Nous emportons le parc, le fromage de la cave, notre matériel, notre petit mobilier. Le vieux Caraud ferme la porte du buron, y trace avec la clef un grand signe de croix, et nous partons. Derrière nous s'étend le désert gris des monts. Encore quelques jours et la neige s'y amoncellera, l' « écir » y roulera ses tourbillons, et le masut lui-même disparaîtra, enseveli sous une « congère », comme un tombeau vide. Vide ! Non. Les âmes des vachers et des pâtres morts dans la montagne viendront le hanter tout l'hiver et s'y rassembleront le soir de la Toussaint, à l'heure où sonne le glas des trépassés. Il sonnera aussi ce glas funèbre, au clocher de la « Font-Santo », sonné par un invisible « campanier », pour les pâtres défunts qui seront seuls à l'entendre.

Vers le soir nous arrivons au village, où nous faisons une entrée triomphale. Tout le monde est sur le seuil des maisons. Les gens émettent leurs réflexions sur les vaches, dont le poil est devenu fauve comme celui du vieux Caraud, comme le mien, que cinq mois de soleil et de pluie ont lessivé, blanchi, au point que l'on dirait un écheveau de chanvre. Il me semble que je reviens d'exil. J'éprouve une joie folle à revoir la maison, mes bêtes d'en bas, les bouviers, mon oncle, la jument Café, le chien Flambo et mon agnelle qui a maigri, la pauvre ! En voilà une qui a dû me regretter ! Quand je suis parti pour la montagne, Toussandou, le boucher, m'en aurait bien donné dix écus. C'est au plus si elle m'en rapporterait six aujourd'hui.

Il était dit que tout s'unirait cette année-là pour me faire regretter l'école et rendre plus rude la leçon que j'avais reçue. Après un printemps et un été splendides, l'automne fut rude, et l'hiver précoce. Dans les regains où l'on avait mis les vaches, il fallut reprendre le saïle et passer des journées entières sous les rafales de pluie et de neige. Et l'on ne pouvait plus, comme vers la fin de notre séjour à la montagne, donner aux bêtes toute liberté. Il fallait les rationner, les parquer chaque jour dans un espace de quelques arpents qu'on leur faisait râper à fond avant de les mener plus loin. A cause du froid, on les rentrait le soir dans les étables, et nous y faisions la traite à la lueur d'une lanterne fumeuse. Ce n'était pas commode avec des veaux indociles et forts qui vous traînaient dans la bouse. Enfin, plus de soupe au fromage maintenant, filante et, comme on dit chez nous, « entravée ». Du petit-lait, des pommes de terre, et c'est tout. Décidément, il vaut mieux être curé, rat de cave ou maître d'école.

Un matin de novembre, en ouvrant la porte de l'étable, Caraud s'est écrié :

« Maquaréou ! Que de laine blanche ! »

C'est une « solée » de neige de trois pieds qui est tombée pendant la nuit. On ne s'en est pas aperçu. Point de vent. Elle est tombée silencieusement, régulièrement, à flocons larges comme des écus, et elle tombe toujours, s'amoncelle sur les chaumes, sur les arbres, où elle adhère par couches épaisses, grâce à je ne sais quel prodige d'équilibre. Cette fois, c'est bien fini. Les bêtes ne sortiront plus. On « accrèche », et pour longtemps. Désormais on n'a plus besoin de moi. Je puis retourner en classe si je veux. J'ai mon congé.

Je pars sur-le-champ, bien que j'aie de la neige jusqu'au ventre, sans regarder en arrière.

A peine arrivé chez grand'mère, je monte au grenier.

« Qu'est-ce que tu fais là ? me dit-elle.

— Je cherche quelque chose.

— Quoi ?

— Mes livres et mes cahiers. »

Et la pauvre vieille se met à rire de bon cœur :

« Ah ! ah ! petit, tu as tâté de la vache enragée ! Ça t'aura fait du bien. »